Jorge Luis
Borges

Ficciones

虚构集

小径分岔的花园·杜撰集

El jardín de senderos que se bifurcan, Artificios

[阿根廷] 豪尔赫·路易斯·博尔赫斯 著

王永年 译

上海译文出版社

献给艾斯特尔·森博莱因·德托雷斯

目 录

小径分岔的花园

序　言

　　这个集子里的七篇故事不需要很多诠释。第七篇（《小径分岔的花园》）是侦探小说；读者看到一桩罪行的实施过程和全部准备工作，在最后一段之前，对作案目的也许有所觉察，但不一定理解。另外几篇是幻想小说，其中的《巴比伦彩票》有象征主义色彩。我不是第一个叙说《通天塔图书馆》故事的人；读者如果对它的历史和史前情况感兴趣，不妨查看《南方》杂志第五十九期；那里提到勒西普斯、拉斯维茨、刘易斯·卡罗尔、亚里士多德等一些互不相干的名字。《环形废墟》纯属虚构；《〈吉诃德〉的作者皮埃尔·梅纳尔》的虚构成分是它主人公的命运所决定的，我归诸他的一份作品清单不太有趣，但也不是毫无根据的，那是他的心灵历程的图解……

　　编写篇幅浩繁的书籍是吃力不讨好的谵妄，是把几分钟就能讲清楚的事情硬抻到五百页。比较好的做法是伪托一些早已有之的书，搞一个缩写和评论。卡莱尔在《旧衣新裁》、巴特勒在《安乐的避难所》里都是那样做的；那两本书也有不完善之处，和别的书一样芜蔓。我认为最合理、最无能、最偷懒的做法是写假想书的注释。《特隆、乌克巴尔、奥比斯·特蒂乌斯》和《赫伯特·奎因作品分析》便是这类作品。

豪·路·博尔赫斯

特隆、乌克巴尔、奥比斯·特蒂乌斯

一

我靠一面镜子和一部百科全书的帮助发现了乌克巴尔。镜子令人不安地挂在高纳街和拉莫斯·梅希亚街 [1] 一幢别墅的走廊尽头；百科全书冒名《英美百科全书》（纽约，一九一七年），实际是一九○二年版《大不列颠百科全书》一字不差但滞后的翻版。那是四五年之前的事了。比奥伊·卡萨雷斯 [2] 和我一起吃了晚饭，我们在一部小说的写法上争论了很长时间，小说用第一人称，讲故事的人省略或者混淆了某些情节，某些地方不能自圆其说，有的读者——为数极少的读者——从中猜到一件可怕或者平淡的事。走廊尽头的镜子虎视眈眈地瞅着我们。我们发现（夜深人静时那种情况是不可避免的）凡是镜子都有点可怕。那时，比奥伊·卡萨雷斯想起乌克巴尔创始人之一说过镜子和男女交媾是可憎的，因为它们使人的数目倍增。我问他这句名言有没有出处，他说《英美百科全书》"乌克巴尔"条可以查到。我们租的那幢带家具的别墅正好有那套百科全书。我们在第四十六卷最后找到了"乌普萨拉"条目，在第四十七卷的前几页找到了"乌拉尔 – 阿尔泰语言"的条目，但根本没有"乌克巴尔"。比奥伊不死心，翻阅目录卷。他查遍了各种可能的谐音：乌可巴尔、乌科巴尔、奥克巴尔、敖克巴尔……可是遍寻无着。他离去前还对我说，那是伊拉克或者小亚细亚的一个地名。我讪讪地表示认可。我猜想，比奥伊为人谨慎，刚才随口说了一个不见经传的地名和异教创始人，总得找个台阶下。后来我又查阅了尤斯图斯·佩尔特斯的《世界地图集》，仍没有找到，更坚定了我的猜想。

1　高纳街和拉莫斯·梅希亚街，均为布宜诺斯艾利斯街名。
2　Adolfo Bioy Casares（1914—1999），阿根廷作家，博尔赫斯密友。作品有《莫雷尔的发明》《英雄梦》等。

第二天，比奥伊从布宜诺斯艾利斯打电话来对我说，他在《英美百科全书》第二十六卷找到了有关乌克巴尔的条目。里面没有那个异教创始人的姓名，但提到了他的教义，所用的语言同比奥伊上次说的几乎完全相同，只不过也许不及他说的那么文雅。他记得是：镜子和男女交媾是可憎的。《英美百科全书》里的文字是这样的："对于那些诺斯替教派信徒来说，有形的宇宙是个幻影，后者（说得更确切些）则是一个似是而非的理由。镜子和父亲身份是可憎的，因为它使宇宙倍增和扩散。"我开诚布公地对他说，我想看看那个条目。几天后，他带来了。然而出乎我意料，因为里特《地理学》详尽的地图绘制目录里根本没有乌克巴尔。

比奥伊带来的那册实际是《英美百科全书》的第二十六卷。外封和书脊上的字母（Tor-Ups）虽是我们要找的，但那卷有九百二十一页，而不是标明的九百十七页。多出的四页恰好是有关乌克巴尔（Uqbar）的条目；正如读者已经注意到的，不在字母标明范围之内。我们后来加以对照，除此以外，两册没有别的区别。在我印象中，两册都注明根据《大不列颠百科全书》第十版翻印。比奥伊那套书是在降价处理时买的。

我们仔细看了那个条目。唯一令人惊异的地方也许是比奥伊记得的那段文字。其余部分似乎都很可信，很符合全书总的格调，并且有点沉闷（那是很自然的事）。我们再看时，发现它严谨的文字中间有些重要的含糊之处。地理部分的十四个专名中间，我们知道的只有三个——乔拉桑、阿美尼亚、埃尔祖鲁姆，含糊不清地夹在文中。历史部分，我们知道的专名只有一个：骗人的巫师埃斯梅迪斯，并且是作为比喻提到的。条目似乎明显界定了乌克巴尔的位置，但它模糊的参考点却是同一地区的河流、火山口和山脉。举例说，条目写道：乌克巴尔南面是柴贾顿洼地和阿克萨三角洲，三角洲的岛屿上有野马繁衍。那是九百十八页开头。历史部分（九百二十页）说，十三世纪宗教迫害后，东正教徒纷纷逃往岛屿躲避，岛上至今还有他们竖立的方尖碑，不时能发掘出他们的石镜。语言和文学部分很简短。能留下印象的只有一点：乌克巴尔文学有幻想特点，它的史诗和传说从不涉及现实，只谈穆勒纳斯和特隆两个假想的地区……参考书目提的四本书我们至今没有找到，虽然第三本——赛拉斯·哈斯兰：《名为乌克巴尔的地方的历史》，一八七四年——在伯纳德·夸里奇书店的目录里可以找到。[1]第一本，一六四一年出版的《小亚细亚乌克巴尔地区简明介绍》，作者是约翰尼斯·瓦伦蒂努斯·安德列埃。这件事意味深长：两年后我无意之中在德·昆西的作品（《作品集》，第十三卷）里发现了那个名字，才知道那人是德国神学家，十七世纪初期描述了假想的红玫瑰十字教派社团——后人按照他的设想居然建立过那样的社团。

那天晚上，我们去了国家图书馆，查阅了许多地图册、目录、地理学会的年刊、旅行家和历史学家的回忆录，但是徒劳无功：谁都没有到过乌克巴尔。比奥伊那套百科全书的总目录里也没有那个名字。第二天，卡洛斯·马斯特罗纳尔迪（我向他提到此事）通知我说，他在科连特斯和塔尔卡瓦诺街口的一家书店里看到了黑色烫金书脊的《英美百科全书》……我赶到那家书店，找到第二十六卷。当然，根本没有乌克巴尔的任何线索。

1　哈斯兰还出版了《迷宫通史》。——原注

二

阿德罗格[1]旅馆茂盛的忍冬花和镜子虚幻的背景中还保留着有关南方铁路工程师赫伯特·阿什有限而消退的记忆。阿什生前同大多数英国人一样显得像是幽灵；死后则比幽灵更幽灵。他身材修长，无精打采，蓄着疲惫的、长方形的红胡子。据我所知，他丧偶后未续弦，没有子女。每隔几年回英国一次去看看一座日晷和几株橡树（这是我根据他给我们看的几帧照片判断出来的）。我的父亲同他密切了（这个动词用得过分夸张）英国式的友谊，开始时互不信任，很快就达到了无须言语交流就心照不宣的程度。他们常常互赠书报，默默地下棋……我记得他在旅馆走廊里的模样，手里拿着一本数学书，有时凝视着色彩变幻不定的天空。一天下午，我们谈论十二进制计数法（这个方法把十二写作十）。阿什说他正在把十二进制的什么表转换为六十进制（这个方法把六十写作十），又说

---

1 布宜诺斯艾利斯南郊布朗海军上将县的一个镇。

这项工作是南里奥格兰德的一个挪威人委托他做的。我们相识八年，他从没有提起他在南里奥格兰德待过……我们谈论田园生活、枪手、高乔一词的巴西词源（某些上了年纪的乌拉圭人仍把高乔念成高乌乔），恕我直言，我们再也不谈十二进制的功能了。一九三七年九月（我们不在旅馆），赫伯特·阿什因动脉瘤破裂去世。前几天，他收到巴西寄来的一个挂号邮件，是一本大八开的书。阿什把它留在酒吧里，几个月后我发现了。我随便翻翻，感到一阵轻微的昏眩，这里不细说了，因为现在讲的不是我的感受，而是乌克巴尔、特隆和奥比斯·特蒂乌斯的故事。据说在一个千夜之夜的伊斯兰夜晚，天堂的秘密的门洞开，水罐里的水比平时甘甜；如果那些门打开了，我就不会有那天下午的感受。那本大八开的书是英文，有一千零一页。黄色的皮书脊和外封上都印有这些奇怪的字样：特隆第一百科全书。第十一卷。*Hlaer-Jangr*。没有出版日期和地点。首页和覆盖彩色插图的一张薄页纸上盖了一个椭圆形的图章，图章上有奥比斯·特蒂乌斯几个字。两年前，我在一部盗版百科全书的其中一卷里发现了一个虚假国家的简短介绍，今天偶然找到了一些更珍贵、更艰巨的材料。我现在掌握的是一个陌生星球整个历史庞大而有条不紊的片段，包括它的建筑和纸牌游戏，令人生畏的神话和语言的音调，帝王和海洋，矿物和飞鸟游鱼，代数学和火焰，神学和玄学的论争。这一切都条分缕析、相互关联，没有明显的说教企图或者讽刺意味。

我所说的"第十一卷"提到后面和前面的几卷。内斯托·伊巴拉在《新法兰西评论》发表的一篇文章里言之凿凿地否认那些卷册的存在；埃斯基耶尔·马丁内斯·埃斯特拉达和德里厄·拉罗歇尔驳斥了这一怀疑，也许有相当的说服力。事实是到目前为止，所有调查一无所获。我们查遍了美洲和欧洲的图书馆，都白费气力。这种侦探性质的、意义不大的工作使阿方索·雷耶斯感到厌烦，他提议我们干脆举一反三，补全那些缺失的浩瀚卷册。他半开玩笑半认真地计算，一代特隆学者投入毕生的精力大概够了。这种大胆的估计使我们回到了主要问题：谁发明了特隆？肯定不止一个人，大家一致排除了只有一个发明者的假设——像莱布尼茨[1]那样孜

1 Gottfried Wilhelm Leibniz（1646—1716），德国数学家、哲学家。他与牛顿同时期发现微积分原理；他认为一切生物均由"单子"组成，其中有预先建立的和谐，和谐的中心则是创造世界的上帝。

孜不倦、默默无闻地在暗中摸索是不可能的。据猜测，这个勇敢的新世界应该是一个秘密社团的集体创作，由一个不可捉摸的天才人物领导的一批天文学家、生物学家、工程师、玄学家、诗人、化学家、代数学家、伦理学家、画家、几何学家等等。精通那些学科的人有的是，但不是个个都能发明，更不是个个都能把发明纳入一个严格的系统规划。那个规划庞大无比，每一个作者的贡献相比之下显得微乎其微。最初以为特隆只是一团混乱，一种不负责任的狂想；如今知道它是一个宇宙，有一套隐秘的规律在支配它的运转，哪怕是暂时的。第十一卷里的明显矛盾就是证明其他各卷存在的基石：该卷的顺序十分清晰正确，这一点足以说明问题。通俗刊物情有可原地大肆传播了特隆的动物和地形，我认为那里通体透明的老虎和血铸成的塔也许不值得所有的人继续加以注意。我斗胆利用几分钟的时间来谈谈特隆的宇宙观。

休谟干脆利落地指出，贝克莱的论点容不得半点反驳，但也丝毫不能使人信服。这一见解完全适用于特隆那个完全虚假的地方。那个星球上的民族是天生的理想主义者。他们的语言和语言的衍生物——宗教、文学、玄学——为理想主义创造了先决条件。在特隆人看来，世界并不是物体在空间的汇集，而是一系列杂七杂八的、互不相关的行为。它是连续的、暂时的、不占空间的。特隆的"原始语言"（由此产生了"现代"语言和方言）里面没有名词，但有无人称动词，由单音节的、具备副词功能的后缀或前缀修饰。举例说：没有与"月亮"相当的词，但有一个相当于"月升"的动词。"河上生明月"在特隆文里是 hlör u fang axaxaxas mlö，依次说则是"月光朝上在后长流"（苏尔·索拉尔把它简化译成"上后长流月"）。

　　前面谈的是南半球的语言。至于北半球的语言（第十一卷里极少有关它们的原始语言的资料），基本单元不是动词，而是单音节的形容词。名词由形容词堆砌而成。那里不说"月亮"，只说"圆暗之上的空明"或者"空灵柔和的橘黄"或者任何其他补充。上面的例子说明形容词的总体只涉及一件真实的物体，事实本身纯属偶然。北半球的文学（如同梅农的现存世界）有大量想象的事物，根据诗意的需要可以随时组合或者分解。有时候完全由同时性决定。有的物体由两个术语组成，一个属于视觉性质，另一个属于听觉性质：

旭日的颜色和远处的鸟鸣。这类例子还有许多：游泳者胸前的阳光和水，闭上眼睛时看到的模糊颤动的粉红色，顺着河水漂流或者在梦中浮沉的感觉。这些第二级的物体可以和别的物体结合；通过某些缩略后，结合过程无穷无尽。有些诗歌名篇只有一个庞大的词。这个词构成作者创造的"诗意物体"。不可思议的是，谁都不信名词组成的现实，因此诗意物体的数量是无限大的。特隆的北半球的语言具备印欧语言的所有名词，并且远不止这些。

可以毫不夸张地说，特隆的古典文化只包含一个学科：心理学。其余学科都退居其次。我说过，那个星球上的人认为宇宙是一系列思维过程，不在空间展开，而在时间中延续。斯宾诺莎把引申和思维的属性归诸心理学的无穷神性；特隆人不懂得把前者和后者相提并论，前者只是某些状态的特性，后者则是宇宙的地道的同义词。换一句话说，他们不懂得空间能在时间中延续。看到天际的烟雾，然后看到燃烧的田野，再看到一支没有完全熄灭的雪茄，被认为是联想的例子。

这种一元论或者彻底的唯心论使科学无用武之地。把一件事和另一件事联系起来才能对它作出解释（或判断）；特隆人认为那种联系是主体的后继状态，不能影响或阐明前面的状态。一切心理状态都是不可变的：即使加以命名——就是加以分类——也有歪曲之嫌。从中似乎可以得出特隆没有科学，甚至没有推理的结论。但自相矛盾的真相是有几乎不计其数的推理的存在。北半球的这一切和名词的情况相同。一切哲学事先都是辩证的游戏，似是而非的哲学，这一点使得哲学的数量倍增。它的体系多得不胜枚举，结构令人愉快，类型使人震惊。特隆的玄学家们寻求的不是真实性，甚至不是逼真性，他们寻求的是惊异。他们认为玄学是幻想文学的一个分支。他们知道所谓体系无非是宇宙的各个方面从属于任何一个方面。"各个方面"这种说法遭到了排斥，因为它意味着目前和过去时刻的添加，而添加是不可能的。复数的"过去"也遭到了非议，因为它意味着另一个不可能的操作……特隆的学派之一甚至否认时间，他们是这样推理的：目前不能确定；将来并不真实，只是目前的希望；过去也不真实，只是目前的记忆。[1] 另一个学派宣称，全部时间均已过

1 罗素（《思维分析》，1921年，第159页）设想星球是几分钟前形成的，星球居民能"回忆"虚幻的过去。——原注

去，我们的生命仅仅是一个无可挽回的衰退过程的回忆或反映，毫无疑问地遭到了歪曲和破坏。还有一派宣称，宇宙的历史——以及我们的生命和我们生命中的细枝末节——是一位低级的神为了同魔鬼拉关系而写出来的东西。再有一派认为宇宙可以比作密码书写，其中的符号并不是都有意义，只有每隔三百个夜晚发生的事情才管用。有一个学派宣称，我们在这里睡觉时，在另一个地方却是清醒的，因此每一个人都是两个。

特隆的诸多理论中间，只有唯物主义引起了轩然大波。像提出悖论的人那样，某些热情有余、分析不足的思想家提出了唯物主义。为了便于人们懂得那不可理解的论点，十一世纪[1]的一个异教创始人想出了九枚铜币的似是而非的理论，在特隆引起了轰动。那个"骗人的推理"有许多说法，铜币的数目和找到的数目各个不同；下面的说法流传最广：

"星期二，某甲走在一条冷僻的路上，遗失了九枚铜币。星期四，某乙在路上捡到四枚，由于星期三下过雨，钱币长

---

1 按照十二进制，这里的世纪有一百四十四年。——原注

了一些铜锈。星期五，某丙在路上发现了三枚铜币。星期五早上，甲在自己家的走廊里找到了两枚。"异教创始人想从这件事中推断出九枚钱币失而复得的真实情况，即它的连续性。他断言，"假设星期二至星期四之间四枚铜币不存在，星期二至星期五下午之间三枚铜币不存在，星期二至星期五清晨之间两枚铜币不存在的这种想法是荒谬的。合乎逻辑的想法是，在那三段时间中的所有瞬间钱币始终存在，只是处于某种隐蔽的方式，不为人们所知而已。"

在特隆的语言里，不可能提出这种悖论；人们根本不能理解。维护常识的人起先只限于否认故事的真实性。再三说那是一派胡言，胆大妄为地引用了既非约定俗成又不符合严谨思维的两个新词，"找到"和"遗失"两个动词含有逻辑错误，把未经证明的判断作为证明命题的论据，因为它们假设了最初九枚和最后九枚钱币的同一性。他们指出，一切名词（人、钱币、星期四、星期三、雨）只具备比喻的意义。他们指出，"由于星期三下过雨，钱币长了一些铜锈"这句话是别有用心的，以企图证明的论点为前提，即在星期四和星期二之间四枚钱币的继续存在。他们解释说，"同等性"和

"同一性"是两回事，因而落入了"归谬法"的范畴，即九个人在连续九个夜晚感到剧痛的假设情况。幻想同样的疼痛岂不荒谬？他们质问道。[1]他们说那个异教创始人的亵渎神明的动机在于把"存在"的神圣属性给了几枚普通的钱币，有时否认多元性，有时又不否认。他们摆道理说：如果同等性包含了同一性，就得承认九枚钱币只是一枚。

难以置信的是，辩论并没有结束。问题提出了一百年后，一位不比那个异教创始人逊色、但属正统的思想家提出了一个非常大胆的假设。他推测主体只有一个，那个不可分的主体即是宇宙中的每一个人，而这些人则是神的器官和面具。甲是乙，又是丙。丙之所以发现三枚是因为他记得甲遗失了钱币；甲之所以在走廊上发现两枚钱币是因为他记得其余的钱币已经找到……第十一卷说明决定那种唯心主义泛神论彻底胜利的主要理由有三：第一，对唯我主义的扬弃；第二，保存了科学基础的可能性；第三，保存了神道崇拜的可能性。

---

1 时至今日，特隆的一个教会从纯理论的角度出发，仍认为那种疼痛、黄绿颜色、温度、声音是唯一的现实。所有的人在欲仙欲死的交媾时刻都是同一个人。所有的人在重复莎士比亚的诗句时，都是威廉·莎士比亚。——原注

叔本华（热情而又清醒的叔本华）在他的《附录与补遗》第一卷里提出了一个极其相似的理论。

特隆的几何学包含了两个略有不同的学科：视觉几何和触觉几何。后者相当于我们的几何学，从属于前者。视觉几何的基础是面，不是点。这种几何学不承认平行线，宣称人在移动位置时改变了他周围事物的形状。特隆算术的基本概念是不定数。他们强调了在我们的数学里用＞和＜符号表示的大小概念的重要性。他们断言运算过程能改变数量的性质，使它们从不定数变为定数。几个人计算同一个数量时得出相等的结果，这一事实在心理学家看来就是联想或者善于运用记忆的例子。我们知道，特隆人主张认识的主体是单一和永恒的。

在文学实践方面，单一主体的概念也是全能的。书籍作者很少署名。剽窃观念根本不存在：确立的看法是所有作品出自一个永恒的、无名的作家之手。评论往往会虚构一些作者：选择两部不同的作品——比如说，《道德经》和《一千零一夜》——把它们归诸同一个作家，然后如实地确定那位有趣的"文人"的心态……

特隆的书籍也不一样。虚构性质的作品只有一个情节，衍生出各种可能想象的变化。哲学性质的作品毫无例外地含有命题和反命题，对一个理论的严格支持和反对。一本不含对立面的书籍被认为是不完整的。

存在了几百年的唯心主义一直影响着现实。在特隆最古老的地区，复制泯灭的客体的现象并不罕见。两人寻找一支笔；前者找到了却不做声；后者找到了第二支笔，真实程度不亚于第一支，但更符合他的期望。那些第二级的客体叫作"赫隆尼尔"，比第一级的长一些，虽然形状不那么好看。不久前，那些"赫隆尼尔"是漫不经心和遗忘的偶然产物。它们有条不紊的生产的历史只有一百年，仿佛令人难以置信，但是第十一卷里就是这么说的。最初的尝试毫无结果。然而它的做法却值得回忆。一座国家监狱的典狱长通知囚犯们说，一条古河床底下有墓葬，谁发掘到有价值的东西就可以获得自由。着手发掘前的几个月，给囚犯们看了一些可能找到的东西的照片。第一次实验证明，希望和贪婪是有抑制作用的；囚犯们用铁铲和尖镐干了一星期，除了一个锈蚀的轮子以外没有发掘出任何"赫隆"，而那个轮子的年代还属于实验以后的时期。监狱的实验没有外传，后来在四所学校里予以重复。

三所学校可以说彻底失败；第四所学校（校长在开始发掘时意外死亡）的学生们发掘了——或者生产了——一个金面具、一把古剑、两三个陶罐和一位国王的发绿而残缺的躯干，胸部有文字，但文字意义至今未能破译。通过这些实验，发觉由了解发掘的实验性质的人参与是不合适的……从大规模的调查中得到的客体是互相矛盾的；如今多采取单干和几乎带有临时性质的方式。有条不紊地制作"赫隆尼尔"（第十一卷里是这么说的）对考古学家们的帮助极大，使他们有可能对过去提出质疑甚至修改，使过去也像将来那么有可塑性了。奇怪的是，第二级和第三级的"赫隆尼尔"——也就是另一个"赫隆"派生的"赫隆尼尔"，或者"赫隆"的"赫隆"派生出来的"赫隆尼尔"——夸大了第一级的畸变；第五级几乎没有变化；第九级容易同第二级搞混；第十一级的纯度甚至超过第一级。演变过程有周期性：第十二级的"赫隆"开始退化。有时候，比所有"赫隆"更奇特、更正宗的是"乌尔"，也就是暗示的产物，期望引申出来的客体。我提到的那个黄金大面具是极好的例子。

特隆的事物不断复制；当事物的细节遭到遗忘时，很容易模糊泯灭。门槛的例子十分典型：乞丐经常去的时候，门槛一直存在，乞丐死后，门槛就不见了。有时候，几只鸟或一匹马能保全一座阶梯剧场的废墟。

一九四○年，东萨尔托

一九四七年后记

本篇按照一九四○年《幻想文学精选》出版的文字重印，除了删掉某些比喻和一段如今显得空泛的概括外，未作任何改动。这几年发生了许多事……我大致叙说一下。

一九四一年三月，原属赫伯特·阿什的一本欣顿写的书里，发现了贡纳尔·厄菲约德的一封信。信封上的邮戳表明寄自欧罗普勒托；信里内容彻底阐明了特隆的奥秘，证实了马丁内斯·埃斯特拉达的假设。那个精彩的故事是十七世纪初的一个晚上在卢塞恩或者伦敦开始的。出现了一个旨在建立国家的秘密会社或慈善团体（达尔加诺和乔治·贝克莱先后都是会社成员）。初期不很明确的纲领里有"赫尔墨斯研究"、博爱、神秘哲学等内容。安德列埃那本奇特的书就属于那一时期。经过几年秘密会议和不成熟的综合后，他们认识到一代人的努力不足以建立一个国家，于是决定每一个会员带一个徒弟继续他们的事业。那种世代相传的状况维持了一段时间；秘密社团后来遭到迫害，中断了两个世纪后，在美洲重新出现。一八二四年前后，一个会员在孟菲斯（田纳西州）同禁欲主义的百万富翁埃兹拉·巴克利会谈。巴克利不以为然地听他说完，嘲笑计划的小气，说是在美国建立国家未免可笑，不如建一个星球。出了这个宏伟的主意后，还出了一个符合他的虚无主义的小点子[1]：这项庞大的工程要严格保密。当时市面上已发行二十卷的《大不列颠百科全书》，巴克利建议出一套有关那个幻想星球的有条理的百科全书。他可以投入他的金矿、通航的河流、遍地家牛和野牛的牧场、黑奴、妓院和美元，但有一个条件："那套全书不能和骗子耶稣基督打交道。"巴克利不信上帝，然而要向不存在的上帝证明，凡夫俗子也能创造一个世界。一八二八年，巴克利在路易斯安那州首府巴吞鲁日中毒身亡；一九一四年，社团向三百名会员寄出了《特隆第一百科全

---

1 巴克利是自由思想者、宿命论者，拥护奴隶制。——原注

书》的最后一卷。全书四十卷（世人做过的最宏伟的工程）是秘密出版的，将作为另一套更详尽的全书的基础，那套书不用英文，而用特隆的一种语言，虚幻世界的修订本暂名《奥比斯·特蒂乌斯》，撰稿人之一就是赫伯特·阿什，至于他是作为贡纳尔·厄菲约德的代理人呢，还是作为会员，我就不清楚了。他既然收到第十一卷的样书，似乎是会员。那么，其余几卷呢？一九四二年左右，情况变得复杂了。我特别清楚地记得最初的一个情况，觉得它有预兆的性质。事情发生在拉普里达街的一座公寓里，对面是一个宽敞明亮的朝西阳台。福西尼·吕桑热公主收到从普瓦蒂埃寄给她的银餐具。从盖了世界各国印戳的大箱子里取出一件件精致的器皿：荷兰乌得勒支和法国巴黎的银器，上面都有动物图案的纹章，还有一把茶炊。器皿中有一个神秘的罗盘，像一只睡着的小鸟那样微微颤动。公主以前没有见过。蓝色的指针竭力指向有磁力的北极；金属外壳有个凹面；表盘上的字母是一种特隆文字。那是虚幻世界对真实世界的第一次侵入。一个偶然的机会让我大为不安地目睹了第二次侵入。那是几个月后发生在黑山一个巴西人开的酒店里的事。阿莫林和我从圣安娜回来。塔夸伦博河水暴涨，使我们不得不尝试并忍受那家酒店简陋的款待。酒店老板在一个满是木桶和皮张的大屋子里替我们安排了几张吱嘎作响的小床。我们躺了下去，但是到了天亮还没有睡着：隔壁一个没有露面的客人喝醉了酒，一会儿口齿不清地大骂，一会儿连连不断地唱米隆加曲子。我们自然把那不停的喧哗归罪于老板提供的火辣辣的烧酒……天亮时，那位老兄躺在走廊里死了。他嘶哑的嗓音欺骗了我们：居然是一个年轻的小伙子。他发酒疯时宽腰带里掉出几枚钱币和一个骰子般大小的发亮的金属圆锥体。一个小孩想去捡，可是拿不动。一个大人好不容易才捡起来。我把它放在掌心，重得支持不了几分钟，放下后，掌心还有一圈深深的印子。这种极小而又极重的东西给人一种既厌恶又恐惧的不愉快的感觉。有人主张把它扔进河里。阿莫林用几个比索换下那东西。死者情况一点都不了解，只知道他"从边界那面来的"。在特隆的某些宗教里，那种沉重非凡的小圆锥体（制作它们的金属不是这个世界所有的）是神的形象。

　　故事中有关我个人的部分到此结束。其余部分留在读者的记忆中（如果不是期望或恐惧的话）。我还要简单地谈谈此后的事情，人们回忆时一般都会添枝加叶，加以演绎。一九四四年，《美洲人报》（田纳西州纳什维尔）的一位研究员在孟菲斯的一家图书馆里发现了四十卷的《特隆第一百科全书》。这一发现是否偶然，或者经过扑朔迷离的《奥比斯·特蒂乌斯》领导们的认可，到今天为止还没有定论。第二种说法似乎可信。孟菲斯的版本删除或者淡化了第十一卷中某些不可思议的特点（比如说，《赫隆尼尔》的倍增）；为了不把一个虚幻世界展示得过于离谱，以致同真实世界格格不入，作出这些删除是合情合理的。特隆的物件在世界各国的传播补充了这种想法[1]……事实是，全世界的报刊没完没了地炒作这一"发现"。这部"人类杰作"的手册、选编、摘要、直译本、授权版和海盗版充斥全球。不止一处的现实几乎立即作出了让步。它们确实希望让步。十年来，任何貌似秩序井然的和谐——辩证唯物主义、排犹主义、纳粹主义——足以把人们搞得晕头转向了。像特隆这样井然有序、有大量详尽证据的星球，为什么不能接受呢？回答说现实也井然有序是没有用的。现实或许是这样的，但符合神的规律——换句话说，符合非人性的规律——我们永

1　当然，还留下某些物品的"材料"问题。——原注

远不可能察觉。特隆也许是一个迷宫，不过是人策划出来的迷宫，注定将由人来破译的迷宫。

同特隆的接触，对特隆习俗的了解，使得这个世界分崩离析。人类为它的精确性倾倒，一再忘记那是象棋大师而不是天使的精确性。特隆的（假设的）"原始语言"已经进入学校；它的（充满动人事迹的）和谐历史的教导一笔勾销了我小时学的历史；虚幻的过去在记忆中占据了我们从未确知的——甚至不知是假的过去。古钱币学、药物学和考古学已经重新修订。据我所知，生物学和数学也将改变……一个分散各地的独行者的王朝改变了地球面貌。它的任务仍在继续。如果我们预见不错的话，从现在起不出一百年，有人将会发现一百卷的《特隆第二百科全书》。

那时候，英语、法语和西班牙语将会在地球上消失。世界将成为特隆。我并不在意，我仍将在阿德罗格旅馆里安静地修订我按照克维多风格翻译的托马斯·布朗爵士的《瓮葬》[1]的未定稿（我没有出版它的打算）。

1　Sir Thomas Browne（1605—1682），英国医师、学者、作家，《瓮葬》是1658 年出版的《居鲁士花园》中的一篇。

《吉诃德》的作者皮埃尔·梅纳尔

献给西尔维娜·奥坎波

这位小说家留下的可见的作品为数不多，不难一一列举。因此，亨利·巴舍利耶夫人在一份虚假的书目中任意增添删除的做法是不能宽恕的。一家有明显新教倾向的报纸，读者人数虽然有限，又是加尔文教派，但至少不是共济会会员和犹太人，刊登了那份书目，对可悲的读者们未免不够尊重。梅纳尔真正的朋友看到那份书目后大吃一惊，甚至有点伤心。他们不禁要说，我们昨天还聚集在他的墓碑前为他志哀，现在谬误已经试图玷污他的遗念了……必须坚决加以纠正。

我深知自己人微言轻，我的权威性很容易遭到否定。然而，我相信不会不让我援引两位有头有脸的人物的话来证明。巴库尔男爵夫人（正是在她家的难忘的周五聚会上，我有幸认识了那位去世的诗人）认可了下面的文字。巴尼奥雷焦伯爵夫人，摩纳哥公国最高雅的仕女之一（新近下嫁国际慈善家西蒙·考奇，现在是宾夕法尼亚州匹兹堡上流社会的名人。唉！考奇的无私操作招来了多少非议）"为了真实和死者"（这是她的原话）打破了她高贵的缄默，在《豪华》杂志上发表了一封公开信，也给予我她的认可。我相信，这些证言不会不够吧。

我说过，梅纳尔的"可见的"作品为数不多，不难一一列举。我细心地查阅了他的个人档案后，确定他的作品有如下几篇：

a）象征主义的十四行诗一首，在《贝壳》杂志上两次发表（略有改动）（一八九九年三月和十月）。

b）专论一篇，探讨编纂一部诗歌词典的可能性，其中的概念不是表达普通语言的同义词或婉转语，"而是约定俗成的、主要为满足诗歌需要而创造的理想事物"（尼姆，一九〇一年）。

c）专论一篇，探讨笛卡儿、莱布尼茨和约翰·威尔金斯[1]"思想的某些联系和相似"（尼姆，一九〇三年）。

d）专论一篇，探讨莱布尼茨的"普遍特性"（尼姆，一九〇四年）。

e）技术性文章一篇，探讨减掉象棋里的一枚车前卒以丰富棋艺的可能性。梅纳尔提出革新意见，加以推荐，讨论了它的优缺点，最终否定了那个革新。

f）专论一篇，评介拉蒙·卢尔[2]的《大艺术》（尼姆，一九〇六年）。

g）鲁伊·洛佩斯·德塞古拉的《象棋的自由发明和棋艺》一书的翻译，作了序言和注释（巴黎，一九〇七年）。

h）有关乔治·布尔[3]的象征逻辑的一篇专论的两份草稿。

i）法语散文的基本格律规律的剖析，以圣西蒙的作品为例（《罗曼语族语言杂志》，蒙彼利埃，一九〇九年十月）。

j）驳吕克·迪尔坦（他否认此类规律的存在），以吕

1　John Wilkins（1614—1672），英国主教、自然哲学家。

2　Ramon Llull（1232—1315），西班牙神学家、哲学家，他所著的《大艺术》是经院哲学最早的著作之一。

3　George Boole（1815—1864），英国数学家。

克·迪尔坦的作品为例（《罗曼语族语言杂志》，蒙彼利埃，一九〇九年十二月）。

k) 克维多《文化航行指针》的译文草稿一份，译文标题为《珍品指南》。

l) 为卡罗吕斯·乌尔卡德版画展览的目录写的前言一篇（尼姆，一九一四年）。

m) 论著《一个问题引起的问题》（巴黎，一九一七年），按年代先后谈论"阿喀琉斯与乌龟"问题的答案。此书至今已出了两版。第二版加了莱布尼茨的这句话作为题词："先生，不必怕乌龟"，并且修改了有关罗素和笛卡儿的两章。

n) 对图莱的《句法习惯》的固执已见的分析文章一篇（《新法兰西评论》，一九二一年三月）。我记得梅纳尔在文中声称，非难和赞颂都是感情用事，与评论无关。

o) 把保罗·瓦莱里的《海滨墓园》改写成亚历山大体诗[1]（《新法兰西评论》，一九二八年一月）。

---

1 《海滨墓园》是瓦莱里诗歌的代表作，是他最富有哲理、最充满抒情性的一部诗篇。亚历山大体诗，每行六音步、十二音节、抑扬格。

p）抨击保罗·瓦莱里的文章一篇，发表在雅克·勒布尔编的《取消现实集》里。（这里要插一句，那篇抨击文章是他对瓦莱里的真正看法的反话。瓦莱里心里明白，两人的老交情没有发生危机。）

q）对巴尼奥雷焦伯爵夫人的"阐明"一篇，发表在伯爵夫人自己编印的《无可辩驳集》（这个名称是另一个撰稿人加百列·邓南遮[1]起的）。伯爵夫人的美貌和社会活动很容易引起新闻媒体的错误和草率的报道，为了纠正那些不可避免的歪曲，并且"向世界和意大利"展示她的真实面貌，她每年编印一本集子。

r）献给巴库尔男爵夫人的一组明丽的十四行诗（一九三四年）。

s）标点符号十分规范的诗句清单手稿一份。[2]

梅纳尔的"可见"的作品，按时间先后次序排列，全在

1　Gabriele d'Annunzio（1863—1938），意大利作家，早期作品有唯美主义倾向，后接受尼采的哲学思想，讴歌肩负历史重任的"超人"，和墨索里尼有私交，曾任意大利科学院院长。

2　亨利·巴舍利耶夫人还列出克维多翻译的圣弗朗西斯科·德萨尔斯的《虔诚生活发凡》的直译本，皮埃尔·梅纳尔的藏书中并没有此书的踪迹。也许是我们的朋友开的玩笑，而她信以为真了。——原注

这里了（除了为亨利·巴舍利耶夫人的好客而贪婪的纪念册写的几首应酬性质的十四行诗以外，没有什么遗漏）。现在我要谈谈他的另一部尚未面世、富有雄心壮志、无与伦比的作品。也是他没有完成的作品，唉，人的能力毕竟太有限了！那部作品也许是当代最有影响的，包括《吉诃德》的第一部的第九章、第三十八章以及第二十二章的片段。我知道这种说法似乎荒谬，本文的主要目的就是要证实这种"荒谬"说法的来龙去脉。[1]

两篇价值不等的文字激发了他的创作欲望。一是诺瓦利斯[2]的一段语言学的论述——在德累斯顿版的集子里编号为二〇〇五——其中概述了和某一位特定作家"完全自居等同"的主题。另一是那些把基督搬到林荫大道、把哈姆雷特搬到大麻田、把堂吉诃德搬到华尔街的欺世盗名的作品之一。梅纳尔同所有趣味高雅的人一样，厌恶那种毫无意义的胡闹，

---

1 除此主要目的以外，我还想勾勒一下皮埃尔·梅纳尔的面貌。但是，据说巴库尔男爵夫人也在写，我怎敢同她的生花妙笔，或者同卡罗吕斯·乌尔卡德细致入微的描写媲美呢？——原注

2 Novalis（1772—1801），德国诗人，德国浪漫主义文学代表人物之一，他认为诗歌的题材和内容应是神秘、奇妙、童话般的东西。代表作有《夜颂》。

他说那种作品只是以时代错乱的手法来媚俗，或者（更恶劣的是）以所有时代都相同或都不相同的基本概念来取悦于平民百姓。他认为更有趣的是都德[1]那个著名的（尽管实施起来有点矛盾肤浅）主意，即把那位奇情异想的绅士和他的仆人合成一个达达兰……如果有谁暗示说梅纳尔毕生要写一位现代的吉诃德，那就是对他的清名的诽谤。

他并不想创造另一个吉诃德——这样做容易得很——而是创造正宗的"吉诃德"。毋庸赘言，他从未打算机械地照搬原型，他不想模仿。他值得赞扬的壮志是写出一些同米格尔·德·塞万提斯逐字逐句不谋而合的篇章。

一九三四年九月三十日，他从巴荣纳写信告诉我说："我的目的只是惊世骇俗。神学或形而上学所论证的终极——外部世界、上帝、偶然性、宇宙形式——并不先于我的小说或者比它更普通。唯一的区别是哲学家们在他们工作中期就出版了那些漂亮的作品，而我决心使它们消失。"事实上，他没

---

1 Alphonse Daudet（1840—1897），法国小说家。达达兰是他在长篇小说《达拉斯贡城的达达兰》里塑造的一个自吹自擂的庸人的典型形象，小说以漫画手法讽刺资产阶级中某些人虚张声势的"英雄主义"。

有留下一页能证明那项长年工作的草稿。

　　他设想的开头的方法相当简单。掌握西班牙语，重新信奉天主教，同摩尔人和土耳其人打仗，忘掉一六〇二至一九一八年间的欧洲历史，"成为"米格尔·德·塞万提斯。皮埃尔·梅纳尔研究了那一程序（我知道他相当忠实地掌握了十七世纪的西班牙语），但由于它太容易而放弃了。读者会说，恐怕不是由于容易，而是由于不可能吧！我同意，但是，那项工作一开始就不可能完成，实现时采用的所有不可能的方法中间，这一方法最平淡无奇。他觉得，身在二十世纪而成为十六世纪的一个通俗小说家，未免贬低自己的身份。在他看来，通过某种方式成为塞万提斯、从而达到吉诃德，和继续做他的皮埃尔·梅纳尔、通过皮埃尔·梅纳尔的体会而达到吉诃德，相比之下前者容易多了——因此也不太有趣。（顺便说一句，这种想法促使他排除了《吉诃德》第二部里的自传式前言。如果把前言包括在内，就意味着要创造另一个人物——塞万提斯——同时也意味着要以那个人物，而不是以梅纳尔的身份来表现吉诃德了。梅纳尔自然不干那种轻而易举的事情。）"我的工作基本上并不困难，"他在信中另一处说，"我只要不死，就能完成。"我是不是要承认，我时常想象他已经完成了那部作品，而我按梅纳尔的设想读着《吉诃德》——完整的《吉诃德》呢？前几天晚上，我翻阅第二十六章时——他从未尝试写那一章——在这个不同一般的句子里辨出了我们朋友的风格，甚至他的声音：小河里的宁芙，痛苦而湿漉漉的回声仙女。一个精神上的形容词和另一个肉体上的形容词的完美糅合，使我想起一天下午我们探讨的莎士比亚的一句诗：

那里有一个居心不良、缠着头巾的土耳其人……

我们的读者会问：为什么恰恰是吉诃德呢？对于一个西班牙人，这种偏爱不难理解，但是对于一个尼姆的象征主义者，无疑就不好解释了。他主要是崇敬爱伦·坡从而推及波德莱尔、马拉美、瓦莱里和埃德蒙·泰斯特。前面提到的信阐明了这一点。梅纳尔说："《吉诃德》使我深感兴趣，但是并不让我觉得，该怎么说呢，是必不可少的。这个宇宙如果没有爱伦·坡的感叹：

> 啊，要记住，这是一个中了魔的花园！

如果没有《醉舟》或《古舟子咏》，会使我难以想象，但是如果没有《吉诃德》，我知道我完全能够想象（当然，我说的是我的个人能力，不是那些作品的历史反响）。《吉诃德》是一部偶发的书，《吉诃德》不是必然的。我能事先构思，能把它写出来，不犯同义反复的毛病。我十二三岁时就看过，也许是全文。后来我仔细地重读了某些我目前不打算涉猎的篇章。我还读过幕间短剧、喜剧、《伽拉苔亚》、《训诫小说》、殚精竭虑的《贝雪莱斯和西吉斯蒙达历险记》和《帕尔纳索斯游记》……我对《吉诃德》的一般印象由于遗忘和冷漠而简化了，很可能同看到一部根本没有写的书之前的模糊印象相仿。假定产生了那种印象（谁也无权禁止我），我的问题无疑要比塞万提斯面临的问题困难得多。我的讨人欢喜的前驱不拒绝借助于偶然因素，他那部不朽之作有点草率：信笔写来，随意杜撰。我负起神秘的责任，要逐字逐句地重写他的任性的作品。我的单人游戏受到两条截然相反的规律的支配。第一条允许我尝试形式或心理上的变体；第二条却迫使我囿于'原文'而放弃变体，并且要以无可辩驳的方式证明放弃的合理……除了那些人为的障碍之外，还有一个先天的障碍。在十七世纪初期撰写《吉诃德》是合情合理的、必要的甚至不可避免的工作，在二十世纪初期撰写却几乎是不可能的。三百年不是白白过去的，这期间发生了许多十分复杂的事情。只要提其中的一件就够了：《吉诃德》本身。"

尽管有这三个障碍，梅纳尔支离破碎的《吉诃德》比塞万提斯的《堂吉诃德》微妙。塞万提斯用他的国家贫困的乡村现实来对抗骑士小说，梅纳尔选择了勒班托和洛佩·德·维加时代的卡门的故乡作为"现实"。莫里斯·巴雷斯[1]和罗德里格斯·拉雷塔博士[2]作出同样选择时也会采用西班牙地方色彩。梅纳尔理所当然地加以避免。他的作品里没有

---

1 Maurice Barrès（1862—1923），法国小说家，作品如《法兰西的不朽精神》等有强烈的民族主义和爱国主义精神；在《格雷科或托莱多的秘密》中探讨了西班牙文化。

2 Enrique Rodriguez Larreta（1875—1961），阿根廷小说家，他写的《堂拉米罗的荣耀》以菲利佩二世时期的西班牙为背景。

吉卜赛风习，没有征服者、神秘主义者、菲利佩二世或者宗教裁判的火刑。他不采纳或者排斥地方色彩。那种藐视体现了历史小说的新观念。那种藐视固执地谴责了《萨朗波》[1]。

把各章抽出来单独研究一下，结果也是令人惊异的。举例说，我们不妨看看第一部的第三十八章，"堂吉诃德对于文武两行的奇论"。众所周知，堂吉诃德（正如克维多在《众生的时刻》的类似和以后的章节所说的一样）作出的裁决，不利于文人而有利于武夫。塞万提斯自己当过军人：他的裁决不说自明。然而皮埃尔·梅纳尔是和《文人无行》那部作品以及伯特兰·罗素同时代的人，他的堂吉诃德竟然重犯了那种模糊的诡辩的错误！巴舍利耶夫人从中看到了作者跟着主人公心理走的值得赞美和典型的例子；别人（眼光毫不敏锐）看到了《吉诃德》的抄袭；巴库尔男爵夫人看到了尼采的影响。在第三种解释（我认为是无可辩驳的）之后，我不知道自己是否胆敢加上第四种解释，它非常适合皮埃尔·梅纳尔几乎圣洁的谦逊，梅纳尔有一种屈从或讽刺的习惯：发

1 法国作家福楼拜1862年发表的历史小说，以两千多年前迦太基的内战为背景。

表同自己喜爱的想法完全相反的意见。（我们再次想起他在雅克·勒布尔的昙花一现的超现实主义刊物上发表的抨击保罗·瓦莱里的文章。）塞万提斯和梅纳尔的文字语言完全相同，然而后者丰富多彩的程度几乎是前者望尘莫及的。（诽谤他的人会说他含糊不清，但含糊不清也是丰富多彩的一种表现。）

把梅纳尔的《吉诃德》同塞万提斯的《堂吉诃德》加以对照是大有启发的。举例说，后者写道（《堂吉诃德》，第一部第九章）：

> ……历史所孕育的真理是时间的对手，事件的储存，过去的见证，现在的榜样和儆戒，未来的教训。

"外行作家"塞万提斯在十七世纪写的这段综述只是对历史的修辞的赞扬。与之相反，梅纳尔写的是：

> ……历史所孕育的真理是时间的对手，事件的储存，过去的见证，现在的榜样和儆戒，未来的教训。

孕育真理的历史，这种想法令人惊异。梅纳尔是和威廉·詹姆斯[1]同时代的人，他给历史下的定义不是对现实的探索而是现实的根源。对他说来，历史的真实不是已经发生的事情，而是我们认为已经发生的事情。结尾的句子——现在的榜样和儆戒，未来的教训——是明目张胆的实用主义。

风格的对比也十分鲜明。梅纳尔仿古的文风——他毕竟是外国人——有点矫揉造作。他的前驱则没有这种毛病，挥洒自如地运用他那一时代的流行的西班牙语。

任何智力活动最终都是有用的。一种哲学理论开头是对宇宙的可信的描述；随着岁月的流逝，逐渐沦为哲学史的一章，甚至一节或者一个名称。在文学领域，那种最终趋于老朽的情况更为明显。梅纳尔对我说过，《吉诃德》最早是一部讨人喜欢的书，现在却成了表现爱国主义、语法权威和出版豪华版的口实。光荣是不能理解的东西，也许是最坏的东西。

这些虚无主义的验证并无新意，奇特的是皮埃尔·梅纳尔由此引出的决定。他决定抢在人类的所有艰辛化为乌有之

1　William James（1842—1910），美国心理学家、哲学家，实用主义创始人之一，著名小说家亨利·詹姆斯的哥哥。

前，着手进行一项极其复杂、事先就知道是无足轻重的工作。他殚精竭虑、焚膏继晷地用一种外语复制一部早已有之的书。草稿的数量越来越多；他顽强地修订，撕毁了成千上万张手稿。[1] 他不让任何人看到他的手稿，不让它们保存下来。我曾想查找，但是白费心机。

我曾想，在《吉诃德》的“最后稿”上理应看到涂改重写的字迹，应该看到我们的朋友的“未定稿”的痕迹——不管怎么模糊，至少能够辨认。遗憾的是，只有第二个皮埃尔·梅纳尔把第一个的工作彻底颠倒过来才能发掘出那些特洛伊的遗迹……

“思考、分析、发明（他给我的信中又说）不是违反常规的行为，而是智力的正常呼吸。颂扬那些功能的偶然成就，珍惜古人和他人的思想，以出乎意料的惊讶记录那位‘万能博士’的想法，就是承认我们的无力和不开化。所有的人都应能进行各种各样的思考，我认为将来一定会做到。”

---

1 我记得他的有方格的笔记本、黑笔的涂改、特殊的排版符号和蝇头小字。傍晚时分，他喜欢到尼姆郊外散步；往往带着他的笔记本，把它付之一炬。
　　——原注

梅纳尔（也许在无意之中）通过一种新的技巧——故意搞乱时代和作品归属的技巧——丰富了认真读书的基本艺术。这种无限运用的技巧要求我们翻阅《奥德赛》时，把它看成是后于《伊利亚特》的作品，[1] 翻阅亨利·巴舍利耶夫人的《半人马怪花园》一书时，把它看成是亨利·巴舍利耶夫人写的。这种技巧使得最平静的书籍充满惊奇。把《基督的模仿》[2] 说成是路易－费迪南·塞利纳或者詹姆斯·乔伊斯的作品，岂不是那些微不足道的精神儆戒的充分更新吗？

一九三九年，尼姆

---

1 《奥德赛》和《伊利亚特》并称为古希腊两大史诗，相传为荷马所作。《奥德赛》以《伊利亚特》的故事为线索，写作时间应在《伊利亚特》之后。
2 神学经典著作，原著为拉丁文，于 1417 至 1421 年间写成，据传作者是德国教士肯皮斯的圣托马斯（Thomas a Kempis, 1380—1471）。

环 形 废 墟

假如他不再梦到你……

《镜中世界》[1]，VI

在那伸手不见五指的夜晚，谁也没有看到他上岸，谁也没有看到那条竹扎的小划子沉入神圣的沼泽。但是几天后，谁都知道这个沉默寡言的人来自南方，他的家乡是河上游无数村落中的一个，坐落在山那边的蛮荒里，那里的古波斯语还未受到希腊语的影响，麻风病也不常见。可以肯定的是，这个灰不溜丢的人吻了淤泥，爬上陡岸，顾不得避开那些把他划得遍体鳞伤的、边缘锋利的茅草，头昏眼花、浑身血污地爬到中央有个石虎或者石马的环形场所。这个以前是赭红色、现在成了灰色的场所是被焚毁的庙宇的遗迹，遭到瘴雨蛮烟的欺凌，里面的神祇不再得到人们的供奉。外乡人躺在墩座下面。升到头顶的太阳把他晒醒了。他并不惊异地发现伤口已经停止流血；他闭上苍白的眼睑睡觉，不是由于疲惫，而是出于意志决定，他知道那座庙宇是他不可战胜的意志向往的场所；他知道河下游也有一座合适的庙宇，焚毁后已经废弃，但那些不断扩张的树木未能把它埋没；他知道紧接着的任务是睡觉做梦。午夜时分，他被凄厉的鸟叫声吵醒。地上零乱的光脚板印、一些无花果和一个水罐，说明当地人已经偷偷来看过，但不敢惊动他，他们祈求他庇护，或者怕他的魔法。他感到一阵寒栗，在断垣残壁中间找到一个墓穴藏身，盖了一些不知名的树叶。

引导他到这里来的目的虽然异乎寻常，但并非不能实现。他要梦见一个人：要毫发不爽地梦见那人，使之成为现实。这个魔幻般的想法占领了他的全部心灵；如果有谁问他叫什么名字，以前有什么经历，他可能茫然不知所对。倾圮

---

1 英国作家刘易斯·卡罗尔（Lewis Carroll, 1832—1898）继《爱丽丝漫游奇境记》之后写的另一部童话小说。

荒废的庙宇符合他的要求，因为那是有形世界的最小部分；附近有打柴人也是一个条件，因为那些人负责满足他俭朴的生活需要。他们供奉的稻谷和水果足以维持他专门睡觉做梦的肉体。

那些梦境起初是一片混乱；不久后，有点辩证的味道了。外乡人梦见自己在一个环形阶梯剧场中央，剧场和焚毁的庙宇有相似之处：阶梯上黑压压地坐满了不声不响的学生；学生们的脸离现在有几个世纪，高高挂在云端，但仍清晰可辨。他给他们讲授解剖学、宇宙结构学、魔法。一张张的脸专心致志地听课，努力作出得体的回答，似乎都知道考试的重要性，考试及格就能让他们摆脱虚有其表的状况，跻身真实的世界。那人无论在梦中或在清醒时都在思考那些幻影的答题，不放过一个企图蒙混过关的学生，同时从某些困惑中发现可以造就之材。他在寻找值得参与宇宙的灵魂。

过了九夜或者十夜之后，他有点伤心地发现，对那些被动地接受他学说的学生不能寄予厚望；那些偶尔提出一个大胆而合理的相反见解的学生倒是孺子可教。前者虽然可爱，值得关心，却成不了有个性的人；后者比他们略胜一筹。一天下午（现在下午也用来做梦了，除了一早清醒一两个小时以外，他整天睡觉），他让那幻想的庞大学院永久停课，只留一名学生。那孩子沉默，忧郁，有时不听话，瘦削的脸庞同他的老师相似。同学们的突然解散并没有使他长久地仓皇失措；经过几次单独授课后，他的进步使老师大为惊奇。然而，灾难来了。一天，那人仿佛从黏糊糊的沙漠里醒来，发现朦胧的暮色突然和晨曦没有什么区别，他明白自己不在做梦。那天晚上和第二天白天，难以忍受的清醒把他搞得走投无路。他想到丛林里去踏勘一下，让自己疲惫不堪；可是在毒芹丛中，他只做了几个短暂而模糊的梦，得到一些稍纵即逝的、支离破碎的印象，毫无用处。他想重新召集学生，刚说了几句规劝的话，学院就变了形，消失了。在那几乎无休无止的清醒中，他气得老泪纵横。

他明白，即使识破了高低层次的所有谜团，要把纷繁无序的梦境材料塑造成形，仍是一个人所能从事的最艰巨的工作：比用沙子编绳或者用无形的风铸钱艰难得多。他明白，开始的失败是难免的。他发誓要忘掉一开始就误导他的巨大错觉，而去寻找另一种工作方法。实施那方法之前，他花了一个月的时间来恢复由于谵妄而浪费的体力。他事先根本不去考虑做梦的问题，每天几乎能有一段合理的睡眠时间。在此期间，他难得做梦，即使做了，也不注意梦中的情景。他要等到月亮最圆的时候再恢复工作。与此同时，他下午在河里沐浴净身，膜拜星宿神祇，用标准发音念出一个强有力的名字，然后入睡。他几乎马上梦见了一颗跳动的心脏。

他梦见一个幽暗的还没有脸和性别的人体里有一颗活跃、热烈、隐秘的心脏，大小和拳头差不多，石榴红色；在十四个月明之夜，他无限深情地梦见它。每晚，他以更大的把握觉察它。他不去触摸：只限于证实，观察，或用眼光去纠正它。他从各种距离、各种角度去觉察、经历。第十四夜，他用食指轻轻触摸肺动脉，然后由表及里地触摸整个心脏。检查结果让他感到满意。有一夜，他故意不做梦：然后再捡起那颗心脏，呼唤一颗行星的名字，开始揣摩另一个主要器官的形状。不出一年，他到达了骨骼和眼睑。不计其数的毛发或许是最困难的工作。他在梦中模拟了一个完整的人，一个少年，但是这少年站不起来，不能说话，也不能睁开眼睛。夜复一夜，他梦见少年在睡觉。

根据诺斯替教派的宇宙起源学说，造物主塑造了一个红色的、站不起来的亚当；魔法师花了那么多夜晚塑造出来的梦中的亚当，同那个泥土捏的亚当一样笨拙、粗糙、原始。一天下午，那人一怒之下几乎毁了整个工程，但随即又后悔了。（其实毁了更好。）他求遍了地上和河里的神灵，便匍匐在那个也许是虎也许是马的塑像脚下，祈求毫无把握的帮助。那天黄昏，他梦见了塑像，梦见它有了生气，在颤动：不是虎和马的、难以形容的杂种，而兼有那两种动物的性质，同时又是一头公牛、一朵玫瑰、一场暴风雨。那个多重性的神祇告诉他，它在尘世的名字是"火"，曾在那座环形的庙宇（以及别的相似的庙宇）里接受人们的供奉和膜拜，它使他梦见的幻影奇妙地有了生气，以至于所有的生物，除了"火"本身和那做梦的人之外，都认为它是有血有肉的人。它命令他一旦教了那人种种仪式之后，就把他派往河下游有金字塔遗迹的倾圮的庙宇，让人顶礼膜拜。在那做梦的人的梦中，被梦见的人醒了。

　　魔法师执行了命令。他花了一段时间（结果有两年之久）向那少年披露宇宙的奥秘和拜火的仪式。他打心底里不愿和少年分手。他借口教学方面的需要，每天延长用于做梦的时间。同时他重新塑造了那个或许还有缺陷的少年。有时他不安地感到那一切已经发生……总的说来，他的日子过得很幸福；他一闭上眼睛就想：现在我要和我的儿子在一起了。偶尔也想：我创造的儿子在等我，我如不去，他就活不成。

他使那少年逐渐熟悉现实。有一次，他命令少年把一面旗子插到远处山顶上。第二天，旗子果然在山顶飘扬起来。他做了其他类似的实验，一次比一次更为大胆。他有点伤心地感到，他的儿子快要诞生了——也许等不及了。那晚，他第一次吻了少年，派他穿过荆棘丛生的森林和沼泽到河下游另一座荒废的庙宇去。此前（为了永远不让他知道他是个幻影，而让他以为自己是同别人一模一样的人），他让少年彻底忘掉这些年的学习。

他的胜利和宁静充满了腻烦。每天晨昏，他跪在那座石像前面，也许在想象中看到他那不现实的儿子，在河下游别的环形废墟里举行同样的仪式；夜里他不做梦了，即使做梦，也像普通人那样。他隐约感到宇宙的声息和形状：那个不在眼前的儿子从他逐渐衰退的灵魂汲取营养。他生活的目的已经实现，一直处于某种狂喜之中。过了一段时期（某些叙说故事的人计算这段时期时以年为单位，另一些人则以五年为单位），两个划船的人半夜里叫醒了他：他看不清他们的脸，但听到他们说，北方一个庙宇里有个会魔法的人，踩在火上不会被火烧伤。魔法师突然想起神祇的话，他想起世上万物唯有火知道他的儿子是个幻影。这件事起初给了他安慰，后来却让他烦恼不已。他担心儿子想到那个异乎寻常的特点，发现自己只是一个幻影。不是人，而是另一个人的梦的投影，那该有多么沮丧，多么困惑！身为人父的人都关心他们在迷惘或者幸福时刻生育的子女；魔法师花了一千零一个秘密的夜晚，零零星星揣摩出来的那个儿子的前途，当然使他牵肠挂肚。

他思索的结局来得十分突然，但并不是没有先兆可循。首先（经过长期干旱之后），一片云彩像鸟一般轻灵地飘到远处小山顶上；接着，南方的天空成了豹子牙床似的粉红色；然后，烟雾在夜间锈蚀了金属；最后，禽兽惊恐地四散奔逃。几百年前发生过的事情又重演了。火神庙宇的废墟再次遭到火焚。在一个飞鸟绝迹的黎明，魔法师看到大火朝断垣残壁中央卷去。刹那间，他想跳进水里躲避，随即又想到死亡是来结束他的晚年，替他解脱辛劳的。他朝火焰走去。火焰没有吞噬他的皮肉，而是不烫不灼地抚慰他，淹没了他。他宽慰地、惭愧地、害怕地知道他自己也是一个幻影，另一个人梦中的幻影。

巴比伦彩票

正如所有的巴比伦人一样，我当过总督；正如所有的人一样，我当过奴隶；我有过至高无上的权力，也受过屈辱，蹲过监狱。瞧：我右手的食指已被剁掉。瞧：从我袍子的裂口可以看到一个橙黄色的刺花：那是第二个符号贝思。在月圆的夜晚，这个字母赋予我支配那些刺有吉梅尔记号的人，但是我得听从有阿莱夫记号的人，而他们在没有月亮的夜晚则听从有吉梅尔记号的人支配。[1]拂晓的时候，我在地窖的一块黑色岩石前面扼杀圣牛。有一个太阴年，我被宣布为无形：我大声呼喊，却无人理睬，我偷面包，却不被抓住砍头。我经历过希腊人所不了解的事情：忧惧。那是一间青铜的秘屋，面对默不作声的披着头巾的绞刑刽子手，希望始终陪伴着我，不过在欢乐的长河中也有惊慌。 赫拉克利德斯·本都库斯[2]赞叹不已地说毕达哥拉斯[3]记得他前生是皮洛斯[4],是欧福尔波[5],再前生是另一个人;我回忆相似的沧桑变幻时却不需要投生轮回,甚至不需要假冒欺骗。

我的异乎寻常的多样性要归功于一种制度:彩票,那是别的共和国所不知道的,或者不够完善、不公开的。我没有调查过彩票的历史;我知道巫师们在这件事上未能取得一致;我从彩票强有力的意向中得知一个不懂占星学的人观察月亮时领悟的东西。我的国家纷纭复杂,令人眼花缭乱,彩票是那里的现实的重要组成部分:直到今天,我很少考虑彩票的问题,正如很少考虑神道莫测高深的行为和我自己变幻不定的心思一样。如今,我远离巴比伦和它

1 阿莱夫(א)、贝思(ב)和吉梅尔(ג),依次为希伯来文前三个字母。

2 Heraclides Ponticus(约前390—前310),希腊哲学家、天文学家,柏拉图的学生。

3 Pythagoras(约前580—前500),希腊哲学家、数学家,主张灵魂转世,传说他能回忆自己几世前生。在数学方面,他主张数字是宇宙的起源,传说他发明了勾股定理。

4 Pyrrhus,希腊神话中阿喀琉斯之子,由于他在特洛伊战争后期才赶到,又名涅俄普托勒摩斯(Neoptolemus,即新战士)。

5 Euforbo,希腊神话中的人物,特洛伊战争的参加者。

亲爱的风俗，颇为惊异地想到了彩票和熬夜的人亵渎神明的喃喃猜测。

我父亲说，从前——几世纪还是几年以前？——巴比伦的彩票是带有平民性质的赌博。他说（我不知道是否真实），理发师发售彩票，收的是铜币，给的是绘有符号的长方形骨片或羊皮纸。大白天抽签开彩：中彩的人凭票领取银币。显而易见，手续非常简单。

很自然，那种"彩票"失败了。它毫无精神特点。除了针对人的希望之外，不考虑人的聪明才智。面对反应冷淡的公众，创办那种彩票的商人开始亏损。有人试行改革：在中彩的号码中插进少数几个背时的号码。这么一改，买彩票的人有了双重冒险，要不就是赢一笔钱，要不就是付一笔数额可能很大的罚款。每三十个好运的号码搭配一个倒霉的号码，这个小小的风险自然引起了公众的兴趣。巴比伦人纷纷参加。不参加的人被认为怯懦、低人一头。后来这种不无道理的蔑视变本加厉。不玩彩票的人固然遭到白眼，买了彩票被处以罚款的输家也被人瞧不起。彩票公司的名气响了，开始为赢家的利益操心，因为如果罚款不能基本收齐的话，赢家就领不到彩金。公司向输家提出诉讼：法官判他们缴付罚款和诉讼费用，或者折成监禁天数。为了让公司落空，被告都选择监禁。由于少数人的倔强，公司有了教会和玄学的性质，获得了至高无上的权力。

不久之后，抽签的公告发表罚款额时只说每个倒霉号码的监禁天数。这一简化当时并没有引起注意，它具有极大的重要性。那是彩票行业中第一次出现非金钱因素。效果好得空前。在赌徒们一再要求下，公司不得不增加倒霉号码的数量。

谁都知道巴比伦人热衷于逻辑甚至对称。吉利的号码用叮当响的钱币支付，不吉利的号码用监狱里的日日夜夜折合，这种现象不合情理。某些道德家认为拥有钱币不一定表示幸福，另一些幸运的形式也许更为直接。

贫民区里动荡不安。教士团的成员成倍地增加赌注，尽情享受恐惧与希望的变迁；贫民们（带着不可避免的、可以理解的妒忌）觉得自己被排斥在这种特别惬意的转化之外。所有的人不分贫富都应有参加买彩票的平等权利，这一正当的愿望激发了愤怒的骚动，声势之大，多年之后记忆犹新。一些顽固的人不理解（或者假装不理解）这是一种新秩序，一个必然的历史阶段……有个奴隶偷了一张粉红色的彩票，抽签结果是持票人应受烙舌之刑。法典规定偷盗票据的人恰巧也应受这种刑罚。一些巴比伦人推断说，作为小偷，烧红的烙铁是罪有应得的处罚；另一些人比较宽容，主张以烙舌之刑还治刽子手其身，因为这是天意……发生了动乱和可悲的流血事件；但是尽管富人反对，巴比伦老百姓的目的终于实现。人民的慷慨要求得到充分满足。首先，公司被迫承认公众权利。（考虑到彩票发行新办法的广泛性和复杂性，由公司统一经营还是必要的。）其次，彩票改为秘密、免费、普遍发行。取消收费出售办法。自由人已经了解比勒[1]的秘密，自动参加神圣的抽签仪式，抽签仪式每隔六十夜在神的迷宫里举行，决定人在下一次抽签之前的命运。后果是无法估计的。抽到吉签能擢升到巫师会议，或者把公开的或隐秘的仇人投入监狱，或者在幽暗安静的房间里发现一个使我们动心的或没有料到再能看见的女人；抽到凶签要遭到肢体伤残、身败名裂、死亡。有时候三四十个签中只有一个绝妙的结局——

---

1 Bel，本意为"主"，美索不达米亚宗教的主神，巴比伦诸神之一。

某丙在酒店里遭到杀害，某乙神秘地被奉为神明。作弊是很困难的，但是要记住公司里的那些家伙过去和现在都是狡猾和无所不能的。在多数情况下，知道某些幸福只是偶然的机遇会减少幸福的魅力；公司的代理人为了避免这种弊端，便利用暗示和巫术。他们的步骤和手法是秘而不宣的。他们雇用了占星术士和间谍去调查每个人内心的希望和恐惧。有几个石狮子，一个叫作加夫加的圣洁的厕所，一座灰蒙蒙的石砌引水渡槽有几道罅隙，一般人认为是公司专用的；恶意的或者好心的人把告密的材料放在那些地点。按字母编排的档案收集了这些可靠程度不一的信息。

难以置信的是，背后议论不少。公司处事一贯谨慎，并不正面回答。它在一座废弃的制造假面具的工厂涂抹了一段简洁的文字，如今已收入《圣经》。这段说教指出彩票是世界秩序中插进的一种偶然性，承认错误并不是驳斥偶然性，而是对它的确证。还指出，那些石狮子和圣洁的容器虽然未被公司否认（公司不放弃参考的权利），它们的作用是没有正式保证的。

这个声明平息了公众的不安。但也引起了始料不及的效应。它深刻地改变了公司的精神和活动。我所剩时间不多了，已通知我们船快起航，我尽可能解释一下。

虽然听来难以置信，到当时为止谁都没有探讨过赌博的一般理论。巴比伦人生性不爱投机。他们尊重偶然性的决定，捧出自己的生命、希望和惊恐，但从未想到要调查其扑朔迷离的规律和揭露规律的旋转星体。然而我提到的那份冠冕堂皇的声明引起了许多带有法学和数学性质的讨论。其中之一产生了如下的假设：既然彩票是偶然性的强化，在宇宙中引起定期的混乱，那么让偶然性参与抽签的全过程，而不限于某一阶段，岂非更好？既然偶然性能决定某人的死亡，而死亡的条件——秘密或公开，期限是一个小时或一个世纪——又不由偶然性决定，岂非荒谬可笑？这些合情合理的疑窦最终导致了重大的改革，几世纪的实施增加了它的复杂性，只有专家能理解，不过我试着归纳几点，哪怕是象征性的。

我们设想首次抽签决定一个人的死刑。第二次抽签决定死刑的执行，比如说，提出九名可能的执行者。九名执行者中间，四名进行第三次抽签，决定刽子手是谁，两名可以用吉利的指令（比如说，发现一处藏镪）替换不祥的指令，另一名可以加强死刑的程度（也就是说，凌迟处死或者焚尸扬灰），其余的可以拒绝执行……这是一个象征性的轮廓。事实上抽签的次数是无限大的。任何决定都不是最终的，从决定中还可以衍化出别的决定。无知的人以为无限的抽签需要无限的时间；其实不然，只要时间无限地细分就行，正如著名的乌龟比赛的寓言所说的那样。这种无限的概念十分符合偶然性的错综复杂的数字和纯理论派酷爱的彩票完美典型……我们巴比伦人的惯例似乎在台伯河引起扭曲的回响；埃勒·兰普里迪奥在他写的《安东尼努斯·赫利奥加巴卢斯[1]传》中指出，这位皇帝赐宴时向宾客分发写有凶吉祸福的贝壳，有的人可以领到十磅黄金、十只苍蝇、十个睡鼠，或者十头熊。人们不由得会想起赫利奥加巴卢斯是由小亚细亚信奉图腾神道的巫师教养的。

也有不针对具体人的、目的不明确的签文：比如说把一块锡兰岛的蓝宝石扔进幼发拉底河，在塔顶放飞一只鸟，每一百年在沙粒无数的海滩上取走（或加上）一粒沙等等。有

---

1 Marcus Aurelius Antoninus Augustus（约203—222），又称埃拉加巴卢斯（Elagabalus）或赫利奥加巴卢斯（Heliogabalus），罗马帝国塞维鲁王朝皇帝，218—222年在位，以骄奢淫逸残忍著称。

时候，这类签的后果十分可怕。

在公司恩赐的影响下，我们的习俗充满了偶然性。顾客买十二坛大马士革葡萄酒，如果发现其中一坛装的是一个护身符或一条蝰蛇，并不感到意外；拟定契约的抄写员几乎没有一次不塞进一个错误的数据；我本人在这篇草草写成的东西里也作了一些夸张歪曲。或许还有一些故弄玄虚的单调……我们巴比伦的历史学家是全世界最明察秋毫的，他们发明了一种纠正偶然性的办法，众所周知，这种办法的运用一般说来是可靠的，但自然也免不了掺进一点欺骗。此外，虚构成分最大的莫如公司的历史了……从寺庙遗迹发掘出来的一份用古文字写的文件可能是昨天，也可能是几百年前一次抽签的记载。每一版书籍，本与本之间都有出入。抄写员宣誓必须删节、增添、篡改，也采用含沙射影的手法。

彩票公司谨小慎微，避免一切招摇。它的代理人自然都是秘密的，公司源源不断发出的指令同骗子层出不穷的花招没有区别。再说，有谁能自诩为单纯的骗子呢？醉汉心血来潮发出荒唐的命令，做梦的人突然醒来掐死了睡在他身旁的老婆，他们岂非是执行公司的秘密指示？这种默默无声的运转可同上帝的旨意相比，引起各种各样的猜测。有一种猜测恶毒地暗示说公司已经消失了几百年，我们生活中的神圣的混乱纯属遗传和传统；另一种猜测认为公司是永恒的，声称它将持续到最后一位上帝消灭世界之前的最后一个夜晚。还有一种猜测说公司无所不能，但干预一些微不足道的小事：鸟鸣、铁锈和灰尘的颜色、破晓时的迷糊等等。再有一种猜测借异端创始人之口说公司以前没有，以后也不会有。还有一种同样恶劣的说法认为肯定或否认那个诡秘的公司的存在无关紧要，因为巴比伦无非是一场无限的赌博。

赫伯特·奎因作品分析

赫伯特·奎因在爱尔兰的罗斯科门去世；《泰晤士报》文学副刊仅用半栏篇幅追记他的生平，其中赞扬之词都经过矫正（或者仔细斟酌），我看了不免有点惊讶。相关的一期《旁观者报》刊登的死者传略不那么简略，措辞或许也比较真诚，但是把奎因的第一本书——《迷宫中的上帝》——同阿加莎·克里斯蒂[1]夫人的一部作品相比，把他别的书同格特鲁德·斯泰因[2]的作品相提并论：谁都不会认为那种比较是必不可少的，死者地下有知也不见得高兴。再说，奎因从不认为自己才华横溢；即使在大谈文学的夜晚，这位经常被报刊炒作的人物也总是开玩笑地把自己比作泰斯特先生或者塞缪尔·约翰逊博士……他清醒地看到自己作品的实验性质：在新颖和质朴真诚方面可能有可取之处，但决不是满怀激情的。一九三九年三月六日，他从朗福德给我的信中说，"我好像是考利³的颂歌，我不属于艺术，只属于艺术史。"在他看来，没有哪门学问比历史更差劲了。

我一再提到赫伯特·奎因的谦逊，那种谦逊当然不会削弱他的思想。在福楼拜和亨利·詹姆斯的影响下，我们习惯于认为艺术作品并不多见，创作过程十分艰辛；十六世纪（我们不妨回忆一下塞万提斯的《帕尔纳索斯游记》和莎士比亚的命运）却不赞同这种让人伤心的意见。赫伯特·奎因也不赞同。他认为好的文学作品俯拾即是，街头闲谈也是文章。他还认为美的事物不能没有惊奇的因素，从回忆中得到惊奇则很困难。他苦笑着对"毫无主见地抱住过去的书不放"的现象表示惋惜……我不清楚他那含糊的理论是否有理，但我知道他写的书过分追求惊奇。

1　Agatha Christie（1890—1976），英国畅销侦探小说作家，她塑造的比利时侦探波洛的知名度仅次于福尔摩斯。

2　Gertrude Stein（1874—1946），美国诗人、小说家，侨居巴黎时和毕加索、马蒂斯等艺术家过从甚密。

3　Abraham Cowley（1618—1667），英国诗人、小品文作家，著有《品达体颂歌》。

我把他的第一本书不可逆转地借给了一位夫人，深感遗憾。我说过，那是一本侦探小说：《迷宫中的上帝》；值得庆幸的是出版社在一九三三年十一月底开始发售该书。十二月初，《连体孪生兄弟的奥秘》在伦敦和纽约问世，书中异同转化的故事虽然有趣，但读来十分吃力；我把我们朋友的小说的失败归咎于出版时间上的巧合。同时，（恕我直言）写作方面也有缺陷，对海洋的描写言之无物，故弄玄虚。事隔七年，故事的细节我已经无法回忆了；凭残剩的（经过净化的）印象，记得大概是这样的：开始是一件毫无头绪的谋杀案，中间是拖泥带水的讨论，最后水落石出。破案后，有一大段倒叙，其中有这么一句话：所有的人都相信两位棋手的相逢纯属偶然。弦外之音是答案错了。读者心里不踏实，重新查看有关章节，发现了另一个真正的答案。这本奇书的读者的眼光比侦探锐利。

更邪门的是那本名为《四月三月》的"逆行枝蔓"的小说，它的第三部分（也是唯一的部分）在一九三六年出版。评判小说时，谁都发现那是一场游戏，作者本人也没有把它当成别的东西。我听他说过："我在那部作品里调动了所有游戏的基本特点：对称、随心所欲、厌倦。"连书名也有文字游戏的痕迹：它不作"四月的行进"解，而确确实实是"四月三月"。[1]有人在字里行间察觉到邓恩[2]的博学的回声；奎因本人的前言却把它联系到布拉德利[3]颠倒的世界，在那里，先有死后有生，先有疤后有伤，先有伤后有打击（《现象和实在》，一八九七年，第二百一十五页）。[4]《四月三月》里的世界不是倒退的，倒退的只是叙事的方式。正如我上面说过的，逆行枝蔓。全书共十六章。第一章讲的是几个互不认识的人在人行道上含糊不清的交谈。第二章讲的是第一章前夕的事情。第三章也是逆行的，讲的是第一章另一个可能的前夕的事情；

1 原文是英语 April March。在英语中，March 作"三月"和"行进"解。

2 Finley Peter Dunne（1867—1936），美国幽默作家、新闻记者，他创造的人物杜利是爱尔兰裔美国人，机智风趣，各种问题都应付裕如，百问不倒。

3 Francis Herbert Bradley（1846—1924），英国唯心主义哲学家，他认为自然界只是表象，是"绝对"的体现，著有《现象和实在》等。

4 赫伯特·奎因的博学真了不起！1897 年一本书里的第 215 页真了不起！柏拉图《政治篇》里的对话者描写过相似的倒退：大地之子或者原居民受到宇宙倒转的影响，从老年退到成年，从成年退到童年，从童年退到无影无踪。古希腊演说家特奥庞波在《斥菲利浦》里也谈到北方有种果实，吃了便会产生同样的倒退过程……更有趣的是有关时间倒转的设想：我们能回忆将来，却不知道或者几乎不能预感过去。参看但丁《神曲·地狱篇》第 97 至 102 行对预见和老视所作的比较。——原注

第四章再讲另一个前夕。三个前夕中的每一个（它们严格地相互排斥）分为另外三个前夕，性质迥然不同。于是全书包含九部小说，每一部小说包含三章。（不言而喻，第一章统辖九部。）那些小说中间，有象征主义，有超现实主义，有侦探小说，有心理小说，有共产主义，有反共产主义，等等。用一个图解或许有助于了解它的结构：

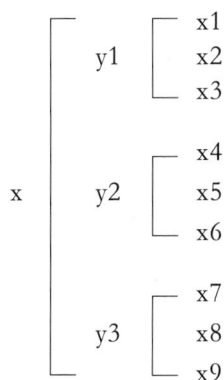

$$
x
\begin{cases}
y_1 \begin{cases} x_1 \\ x_2 \\ x_3 \end{cases} \\[2ex]
y_2 \begin{cases} x_4 \\ x_5 \\ x_6 \end{cases} \\[2ex]
y_3 \begin{cases} x_7 \\ x_8 \\ x_9 \end{cases}
\end{cases}
$$

这个结构不禁让人想起叔本华的有关康德十二范畴的评论：为了求得对称，不惜牺牲一切。可以预见，九个故事中间，有的和奎因的才华并不相称；最好的一个不是他最初构思的 x_4；而是属于幻想类型的 x_9。另外一些则由于索然无味的玩笑，或者毫无价值的貌似严谨而逊色不少。如果按时间前后次序来读（例如：x3，y1，z），这本奇书的特色就丧失殆尽。x7 和 x8 两个故事分开来看意义不大，合在一起才有价值……我不知道是否应该补充一句，《四月三月》出版后，奎因后悔不该用三元次序，他预言说仿效他的人会用二元次序

$$
x \left[\begin{array}{l} y1 \left[\begin{array}{l} x1 \\ x2 \end{array} \right. \\ \\ y2 \left[\begin{array}{l} x3 \\ x4 \end{array} \right. \end{array} \right.
$$

而造物主和神道则喜欢无限数：无限的故事，无限的枝蔓。

两幕英雄喜剧《秘密的镜子》有很大区别，但也是追溯过去的。在上面已经介绍过的几部作品里，复杂的形式限制了作者的想象力；在这部喜剧里，想象力得以自由展开。第一幕（比较长）的场景设在拥有印度皇帝勋位的思罗尔将军的梅尔顿莫布雷附近的乡间别墅。无形的中心人物是将军的大女儿，乌尔里卡小姐。我们通过某些对话隐隐约约看到她飒爽高傲的模样，觉得她同文学无缘；报刊宣称她和拉特兰公爵订了婚，随即又辟谣。一位名叫威尔弗雷德·奎勒斯的

剧作家爱慕她，她曾漫不经心地吻过他。剧中人物都来自富家豪族；人物感情尽管强烈冲动，但很崇高；对话仿佛介于布尔沃－利顿[1]的夸夸其谈和王尔德或菲利普·格达拉的冷嘲热讽之间。剧中有夜莺和夜晚，有在屋顶平台上的秘密决斗。（有一些奇特的矛盾，有一些淫秽的细节，几乎难以察觉。）第一幕的人物在第二幕重新出现——但已更姓改名。"剧作家"威尔弗雷德·奎勒斯成了利物浦的一个代理商，真实姓名是约翰·威廉·奎格利。思罗尔小姐还在；奎格利从未见过她，但痴情地收集《闲谈者》和《随笔》杂志上的她的相片。第一幕的作者是奎格利。那座难以置信的或者不大可能的"乡间别墅"成了他栖身的犹太人和爱尔兰人的寄宿所，被他改变了模样……两幕的情节平行展开，但是第二幕的情况有点可怕，不是推迟便是落空。《秘密的镜子》首演后，评论家提到了弗洛伊德和朱利安·格林[2]的名字。我觉得提起前者毫无道理。

---

1 Edward Bulwer-Lytton（1803—1873），英国小说家，著有历史小说《庞贝城的末日》。
2 Julien Green（1900—1998），美国法语小说家。

人们纷纷传说《秘密的镜子》是一部弗洛伊德式的喜剧，那种宽容（和误导的）解释决定了剧本的成功。不幸的是，奎因已到了不惑之年；他已经习惯于失意，对于目前的时来运转并不欣慰。他决定报复。一九三九年年底出版的《陈述》，也许是他最独特的、得到赞扬最少的并且最善于掩饰真实感情的作品。奎因常说，作为人群的读者已经消失了。他认为，"欧洲人个个都是作家，无论是潜在的或者现行的。"他还断言，在文学所能提供的种种幸福感中间，最高级的是创新。由于不是人人都能得到这种幸福感，许多人只能满足于模仿。那种"有欠缺的"作家数目很多，奎因为他们撰写了《陈述》里的八篇故事。每篇似乎都有一个精彩的情节，但被作者故意糟蹋了。其中一篇——不是最好的——暗示有两个情节。读者被虚荣心搞糊涂了，以为是自己创造的。我从题为《昨日玫瑰》的第三篇汲取灵感，写了《环形废墟》，也就是《小径分岔的花园》集子里的一篇故事。

一九四一年

通天塔图书馆

用这种技巧可以悟出二十三个字母的变异……

《忧郁的剖析》[1]，第二部第二节第四段

宇宙（别人管它叫图书馆）由许多六角形的回廊组成，数目不能确定，也许是无限的，中间有巨大的通风井，回廊的护栏很矮。从任何一个六角形都可以看到上层和下层，没有尽头。回廊的格局一成不变。除了两个边之外，六角形的四边各有五个长书架，一共二十个，书架的高度和层高相等，稍稍高出一般图书馆员的身长。没有放书架的一边是一个小门厅，通向另一个一模一样的六角形。门厅左右有两个小间。一个供人站着睡觉，另一供人大小便。边上的螺旋形楼梯上

穷碧落，下通无底深渊。门厅里有一面镜子，忠实地复制表象。人们往往根据那面镜子推测图书馆并不是无限的（果真如此的话，虚幻的复制又有什么意义呢？）；我却幻想，那些磨光的表面是无限的表示和承诺……光线来自几个名叫灯盏的球形果实。每一个六角形回廊里横向安了两盏。发出的光线很暗，但不间断。

我像图书馆里所有的人一样，年轻时也浪迹四方，寻找一本书，也许是目录的总目录；如今我视力衰退，连自己写的字几乎都看不清了，我准备在离我出生的六角形不远的地方等死。死后自有好心的人把我扔到护栏外面去；我的坟墓将是深不可测的空气；我的尸体将久久地掉下去，在那无限坠落造成的气流中分解消失。我说图书馆是无休无止的。唯心主义者声称六角形的大厅是绝对空间，或者至少是我们对空间的直觉所要求的必然形状。他们解释说，三角形或五角形的大厅根本难以想象。（神秘主义者声称，他们心醉神迷的时候看到一个环形的房间，贴墙摆放着一部奇大无比的书，

1　英国教士、散文作家罗伯特·伯顿（Robert Burton, 1577—1640）的著作。

书脊浑然一体；但是他们说得不清楚，他们的证言值得怀疑。那部循环的书是上帝。）现在我只要引用经典论断就能说明问题：图书馆是个球体，它精确的中心是任何六角形，它的圆周是远不可及的。

每个六角形的每一面墙有五个书架；每个书架有三十二册大小一律的书；每本书有四百一十页；每面四十行；每行八十来个黑色的字母。每本书的书脊上也有字母，但字母并不说明书中内容。我知道这种毫无关联的情况有时显得神秘。在概括答案之前（答案的发现虽然具有悲剧意义，也许是故事的关键），我想追叙一些不说自明的道理。

首先，自从开天辟地以来，图书馆就已存在。任何头脑清醒的人都不会怀疑这一事实以及它所引出的必然结论，即世界将来也永远存在。人无完人，图书馆员可能是偶然的产物，也可能是别有用心的造物主的作品；配备着整齐的书架，神秘的书籍，供旅人使用的、没完没了的螺旋楼梯，以及供图书馆员使用的厕所的宇宙，只能是一位神的作品。只要把我颤抖的手写在一本书封面上的笨拙的符号，同书中准确、细致、漆黑和无比对称的字母作个比较，就能看出神人之间的距离有多么大了。

其次，书写符号的数目是二十五[1]。根据这一验证，早在三百年前就形成了图书馆的总的理论，并且顺利地解决了任何猜测所没能解释的问题：几乎所有书都有的不完整和混乱的性质。我父亲在一九五四区的一个六角形里看到的一本从第一行到最后一行全是 MCV 三个字母翻来覆去的重复。另一本（在该区中查阅频率很高）简直是一座字母的迷宫，但是倒数第二页却有一行看得懂的字：噢时间你的金字塔。由此可见，无数荒唐的同音重复、杂乱和不连贯的文字里只有一行看得懂或者直截了当的信息。（我知道一个未开化的地区，那里的图书馆员认为寻找书中意义是迷信而虚妄的做法，同详梦或看手相一样不可取……他们承认发明文字的人模仿了自然界的二十五个符号，但又认为文字的应用纯属偶然，书籍本身毫无意义。我们将在下文看到这种意见并非虚妄。）

长期以来，人们一直认为那些深奥莫测的书用的是古老

---

1 原稿没有数字或大写字母。标点只限于逗号和句号。这两个符号，加上空格和二十二个字母凑成那个不知名的人所说的二十五个符号。——原注

或偏远地区的文字。最早的人，也就是首批图书馆员，使用的语言和我们现在使用的确实有很大差别；右面几英里远的六角形用的是方言，再高出九十层的六角形用的语言根本听不懂。我重复一遍，这一切确是事实，然而四百一十页一成不变的 MCV 不可能是什么语言，不管那种语言多么有地方性或者原始。有人暗示说，每个字母可能牵连后面的字母，第七十一页第三行的 MCV 不可能和另一页另一位置的 MCV 具有相同的意义，但是这个含糊的论点得不到支持。另有一些人考虑到密码书写；这一猜测得到普遍接受，虽然不符合发明那种文字的人的原意。

五百年前，高层一个六角形的主管人员[1]发现了一本难解程度不下于其他的书，但其中两页几乎完全相同。他请一位巡回译码专家鉴定，专家说书中文字是葡萄牙文；另一些人则说是意第绪文。过了将近一个世纪才确定那种文字：瓜拉尼的萨莫耶特 – 立陶宛方言，加上古典阿拉伯语的词尾变化。

1 以前每三个六角形有一人负责。自杀和肺病破坏了这一比例。我忘不了一种难以言说的忧郁：有时候，我在光洁的走廊和楼梯里走上好几个夜晚，都碰不到一个图书馆员。——原注书中内容也破译了：用无限重复变化的例子加以说明的综合分析的概念。一个聪明的图书馆员根据那些例子可以发现图书馆的基本规律。那位思想家指出，所有书籍不论怎么千变万化，都由同样的因素组成，即空格、句号、逗号和二十二个字母。他还引证了所有旅人已经确认的一个事实：在那庞大的图书馆里没有两本书是完全相同的。根据这些不容置疑的前提，他推断说图书馆包罗万象，书架上包括了二十几个书写符号所有可能的组合（数目虽然极大，却不是无限的），或者是所有文字可能表现的一切。一切：将来的详尽历史、大天使们的自传、图书馆的真实目录、千千万万的假目录、展示那些虚假目录的证据、展示真目录是虚假的证据、巴西里德斯[1]的诺斯替教派福音、对福音的评介、对福音评介的评介、你死亡的真相、每本书的各种文字的版本、每本书在所有书中的插入、英国历史学家比德可能撰写（而没有撰写）的有关撒克逊神话的论文、罗马历史学家塔西佗的佚失的书籍。

1　Basilides，约公元 2 世纪诺斯替教亚历山大派创始人，生于叙利亚。

当人们听说图书馆已经收集齐全所有的书籍时，首先得到的是一种奇特的幸福感。人们都觉得自己是一座完整无缺的秘密宝库的主人。任何个人或世界的问题都可以在某个六角形里找到有说服力的答案。宇宙是合理的，宇宙突然有了无穷无尽的希望。那时的一个热门话题是《辩白书》——为宇宙中每个人的所作所为永远进行辩护，并且保存着有关他未来的奇妙奥秘的辩解和预言的书。千千万万贪心的人妄想找到他们的《辩白书》，纷纷离开他们出生的甜蜜的六角形，拥向上面的楼梯。这些人在狭窄的走廊里争先恐后，破口大骂，在神圣的楼梯上挤得透不过气，把那些骗人的书扔向通风井底，被遥远地区的人从高处推下摔死。另一些人发了疯……《辩白书》确实存在（我亲眼见到两本，讲的是未来的、或许并非假想的人），但是寻找者忘了一个人要找到他的《辩白书》或者《辩白书》某一个不可靠的版本的机会几乎等于零。

当时也指望澄清人类的基本奥秘，澄清图书馆和时间的起源。奥秘无疑是可以用语言解释清楚的：假如哲学家的语言不足以解释，那么包罗万象的图书馆里应该找得出所需的一种闻所未闻的语言，以及那种语言的词汇和语法。四百年来，人们找遍了那些六角形……甚至有专职的寻找者，稽查员。我看见他们履行职务的情况：他们总是疲于奔命；谈论某处几乎害他们摔死的没有梯级的楼梯；他们和图书馆员讨论回廊和楼梯；有时候随手拿起一本书翻阅，寻找猥辞恶语。显然，谁都不指望发现什么。

过分的指望自然会带来过分的沮丧。确信某个六角形里的某个书架上藏有珍本书籍，而那些书籍却不可企及的想法，是几乎难以忍受的。一个亵渎神明的教派建议中止寻找，让大家彻底打乱字母和符号，通过一个不太可能的偶然机会建立正宗的书籍。当局不得不严令禁止。那个教派就此销声匿迹，但我小时见到老年人久久地躲在厕所里，把几枚金属小圆片放在严禁的签筒里摇晃，没精打采地仿效神的紊乱。

另一些人反其道而行之，他们认为最根本的是消灭那些无用的作品。他们闯进六角形，出示不全是冒充的证件，不耐烦地翻翻一本书，然后查封所有的书架，千千万万的书籍就这样莫名其妙地在他们移风易俗和禁欲主义的狂暴下遭到浩劫。他们的名字受到诅咒，他们的狂热破坏了"宝库"，可是为之惋惜的人忽视了两个明显的事实。一个是图书馆庞大无比，任何人为的削减相比之下都小得微不足道。另一个是虽然每本书是独一无二的、无法替换的，但是（由于图书馆包罗万象）总有几十万册不完善的摹写本，除了个别字母或逗号外，同原版没有什么差别。我力排众议，认为人们被那些狂热的净化者吓破了胆，夸大了掠夺行为造成的后果。谵妄驱使他们夺取胭脂红六角形里的书籍：那里的书籍开本比一般小一点；图文并茂，具有魔法，无所不能。

我们还听说当时的另一种迷信："书人"。人们猜测某个六角形里的某个书架上肯定有一本书是所有书籍的总和：有一个图书馆员翻阅过，说它简直像神道。这个区域的语言里还保存着崇拜那个古代馆员的痕迹。许多人前去寻找，四处找了一百年，但是毫无结果。怎么才能确定那本藏书所在的受到崇敬的秘密六角形呢？有人提出逆行的办法：为了确定甲书的位置，先查阅说明甲位置的乙书；为了确定乙书的位置，先查阅说明乙位置的丙书，依此无限地倒推上去……我把全部岁月投入了那种风险很大的活动。我觉得宇宙的某个书架上有一本"全书"不是不可能的[1]，我祈求遭到忽视的神让一个人——即使几千年中只有一个人！——查看到那本书。假如我无缘得到那份荣誉、智慧和幸福，那么让别人得到吧。即使我要下地狱，但愿天国存在。即使我遭到凌辱和消灭，但愿您的庞大的图书馆在一个人身上得到证实，哪怕只有一瞬间。

　　不敬神的人断言，图书馆里胡言乱语是正常的，而合乎情理的东西（甚至普通单纯的连贯性）几乎是奇迹般的例外。他们在谈论（我知道）"图书馆在发烧，里面的书惶惶不可终日，随时都有变成别的东西的危险，像谵妄的神一样肯定一切、否定一切、混淆一切"。那些不仅揭发而且举例说明了混乱的话，明显地证明了他们低下的品位和不可救药的无知。事实上，图书馆包含了全部语言结构和二十五个书写符号所允许的全部变化，却没有一处绝对的

---

[1] 我重申：只要一本书可能存在就够了。但是要把不可能排除在外。例如：任何书不可能又是楼梯，尽管确实有一些讨论、否认、证明那种可能的书籍，也有一些结构和楼梯相仿的书籍。——原注

胡言乱语。毋庸指出，我管理的众多六角形里最好的一本书名叫《经过梳理的雷》，另一本叫《石膏的痉挛》，还有一本叫《阿哈哈哈斯－穆洛》。乍看起来，那些主题仿佛毫不连贯，其实却有密码书写或者讽喻的道理；那个道理属于语言范畴，图书馆里假定早已有之。神的图书馆如果没有预见到

dhcmrlchtdj

这些字母，在它的某种秘密语言里如果不含有可怕的意义，我就不可能加以组合。任何一个音节都充满柔情和敬畏；在那些语言里都表示一个神的强有力的名字，不然谁都不可能发出它的读音。开口说话就会犯同义重复的毛病。图书馆无数六角形之一的五个书架上，三十册书中间的一本里面，早就有这个无用的信息和空话——以及对它的驳斥。（不定数量的、可能存在的语言使用同一种词汇；在某些语言里，"图书馆"这个符号承认了"普遍存在的、永久的六角形回廊系列"的正确定义，但是"图书馆"也是"面包"或"金字塔"，或

者任何其他事物，解释词也有别的意义。读者是否确实懂得我的语言呢？）

有条理的文字使我的注意力偏离了人们的现状。确信一切都有文字记录在案，使我们丧失个性或者使我们自以为了不起。我知道有些地区的青年人对书籍顶礼膜拜，使劲吻书页，然而他们连一个字母都不识。流行病、异教争端、不可避免地沦为强盗行径的到处闯荡，大量削减了人口。我相信我前面提到了自杀，如今这种现象更趋频繁。衰老和恐惧也许误导了我，但我认为独一无二的人类行将灭绝，而图书馆却会存在下去：青灯孤照，无限无动，藏有珍本，默默无闻，无用而不败坏。

我刚才写下"无限"那个形容词，并非出于修辞习惯；我要说的是，认为世界无限，并不是不合逻辑的。认为世界有限的人假设走廊、楼梯和六角形在偏远的地方也许会不可思议地中止——这种想法是荒谬可笑的。认为世界无限的人忘了书籍可能的数目是有限的。我不揣冒昧地为这个老问题提出一个答案：图书馆是无限的、周而复始的。假如一个永恒的旅人从任何方向穿过去，几世纪后他将发现同样的书籍会以同样的无序进行重复（重复后便成了有序：宇宙秩序）。有了那个美妙的希望，我的孤寂得到一些宽慰。[1]

一九四一年，马德普拉塔

---

1 莱蒂齐亚·阿尔瓦雷斯·德托莱多指出，庞大的图书馆是无用的；严格说来，只要一本书就够了，那本书用普通开本，九磅或十磅铅字印刷，纸张极薄，页数无限多。(17世纪初，卡瓦列里说任何固体是无数平面的重叠。)丝绢似的薄纸印的袖珍本阅读时不会方便：可见的每一页和别的页面相映，中央的一页没有反面。——原注

小径分岔的花园

献给维多利亚·奥坎波[1]

利德尔·哈特写的《欧洲战争史》第二百四十二页有段记载，说是十三个英国师（有一千四百门大炮支援）对塞尔—蒙托邦防线的进攻原定于一九一六年七月二十四日发动，后来推迟到二十九日上午。利德尔·哈特上尉解释说延期的原因是滂沱大雨，当然并无出奇之处。青岛大学前英语教师余准博士的证言，经过记录、复述、由本人签名核实，却对这一事件提供了始料不及的说明。证言记录缺了前两页。

……我挂上电话听筒。我随即辨出那个用德语接电话的声音。是理查德·马登的声音。马登在维克多·鲁纳伯格的住处，这意味着我们的全部辛劳付诸东流，我们的生命也到了尽头——但是这一点是次要的，至少在我看来如此。这就是说，鲁纳伯格已经被捕，或者被杀。[2] 在那天日落之前，我也会遭到同样的命运。马登毫不留情。说得更确切一些，他非心狠手辣不可。作为一个听命于英国的爱尔兰人，他有办事不热心甚至叛卖的嫌疑，如今有机会挖出日耳曼帝国的两名间谍，拘捕或者打死他们，他怎么会不抓住这个天赐良机，感激不尽呢？我上楼进了自己的房间，可笑地锁上门，仰面躺在小铁床上。窗外还是惯常的房顶和下午六点钟被云遮掩的太阳。这一天既无预感又无朕兆，成了我大劫难逃的死日，简直难以置信。虽然我父亲已经去世，虽然我小时候在海丰一个对称的花园里待过，难道我现在也得死去？随后我想，所有的事情不早不晚偏偏在目前都落到我头上了。多少年来

1　Victoria Ocampo（1890—1979），阿根廷散文作家、文学评论家。曾编辑《南方》杂志，著有《证言》《弗吉尼亚·伍尔夫论》等。

2　荒诞透顶的假设。普鲁士间谍汉斯·拉本纳斯，化名维克多·鲁纳伯格，用自动手枪袭击持证前来逮捕他的理查德·马登上尉。后者出于自卫，击伤鲁纳伯格，导致了他的死亡。——原编者注

平平静静，现在却出了事；天空、陆地和海洋人数千千万万，真出事的时候出在我头上……马登那张叫人难以容忍的马脸在我眼前浮现，驱散了我的胡思乱想。我又恨又怕（我已经骗过了理查德·马登，只等上绞刑架，承认自己害怕也无所谓了），心想那个把事情搞得一团糟、自鸣得意的武夫肯定知道我掌握秘密。准备轰击昂克莱的英国炮队所在地的名字。一只鸟掠过窗外灰色的天空，我在想象中把它化为一架飞机，再把这架飞机化成许多架，在法国的天空精确地投下炸弹，摧毁了炮队。我的嘴巴在被一颗枪弹打烂之前能喊出那个地名，让德国那边听到就好了……我血肉之躯所能发的声音太微弱了。怎么才能让它传到头头的耳朵？那个病恹恹的讨厌的人，只知道鲁纳伯格和我在斯塔福德郡，在柏林闭塞的办公室里望眼欲穿等我们的消息，没完没了地翻阅报纸……

"我得逃跑，"我大声说。我毫无必要地悄悄起来，仿佛马登已经在窥探我。我不由自主地检查一下口袋里的物品，也许仅仅是为了证实自己毫无办法。我找到的都是意料之中的东西。那只美国挂表，镍制表链和那枚四角形的硬币，拴着鲁纳伯格住所钥匙的链子，现在已经没有用处但是能构成证据，一个笔记本，一封我看后决定立即销毁但是没有销毁的信，假护照，一枚五先令的硬币，两个先令和几个便士，一支红蓝铅笔，一块手帕和装有一颗子弹的左轮手枪。我可笑地拿起枪，在手里掂掂，替自己壮胆。我模糊地想，枪声可以传得很远。不出十分钟，我的计划已考虑成熟。电话号码簿给了我一个人的名字，唯有他才能替我把情报传出去：他住在芬顿郊区，不到半小时的火车路程。

我是个怯懦的人。我现在不妨说出来，因为我已经实现了一个谁都不会说是冒险的计划。我知道实施过程很可怕。不，我不是为德国干的。我才不关心一个使我堕落成为间谍的野蛮的国家呢。此外，我认识一个英国人——一个谦逊的人——对我来说并不低于歌德。我同他谈话的时间不到一小时，但是在那一小时中间他就像是歌德……我之所以这么做，是因为我觉得头头瞧不起我这个种族的人——瞧不起在我身上汇集的无数先辈。我要向他证明一个黄种人能够拯救他的军队。此外，我要逃出上尉的掌心。他随时都可能敲我的门，叫我的名字。我悄悄地穿好衣服，对着镜子里的我说了再见，下了楼，打量一下静寂的街道，出去了。火车站离此不远，但我认为还是坐马车妥当。理由是减少被人认出的危险；事实是在阒无一人的街上，我觉得特别显眼，特别不安全。我记得我吩咐马车夫不到车站入口处就停下来。我磨磨蹭蹭下了车，我要去的地点是阿什格罗夫村，但买了一张再过一站下的车票。这趟车马上就开：八点五十分。我得赶紧，下一趟九点半开车。月台上几乎没有人。我在几个车厢看看：有几个农民，一个服丧的妇女，一个专心致志在看塔西佗的《编年史》的青年，一个显得很高兴的士兵。列车终于开动。我认识的一个男人匆匆跑来，一直追到月台尽头，可是晚了一步。是理查德·马登上尉。我垂头丧气、忐忑不安，躲开可怕的窗口，缩在座位角落里。

我从垂头丧气变成自我解嘲的得意。心想我的决斗已经开始，即使全凭侥幸抢先了四十分钟，躲过了对手的攻击，我也赢得了第一个回合。我想这一小小的胜利预先展示了彻底成功。我想胜利不能算小，如果没有火车时刻表给我的宝贵的抢先一着，我早就给关进监狱或者给打死了。我不无诡辩地想，我怯懦的顺利证明我能完成冒险事业。我从怯懦中汲取了在关键时刻没有抛弃我的力量。我预料人们越来越屈从于穷凶极恶的事情，要不了多久世界上全是清一色的武夫和强盗了，我要奉劝他们的是：做穷凶极恶的事情的人应当假想那件事情已经完成，应当把将来当成过去那样无法挽回。我就是那样做的，我把自己当成已经死去的人，冷眼观看那一天，也许是最后一天的逝去和夜晚的降临。列车在两旁的梣树中徐徐行驶，在荒凉得像是旷野的地方停下。没有人报站名。"是阿什格罗夫吗？"我问月台上几个小孩。"阿什格罗夫，"他们回答说。我便下了车。

月台上有一盏灯照明，但是小孩们的脸在阴影中。有一个小孩问我："您是不是要去斯蒂芬·艾伯特博士家？"另一个小孩也不等我回答，说道："他家离这儿很远，不过您走左边那条路，每逢交叉路口就往左拐，不会找不到的。"我给了他们一枚钱币（我身上最后的一枚），下了几级石阶，走上那条僻静的路。路缓缓下坡。是一条泥土路，两旁都是树，枝桠在上空相接，低而圆的月亮仿佛在陪伴我走。

有一阵子我想理查德·马登用某种办法已经了解到我铤而走险的计划。但我立即又明白那是不可能的。小孩叫我老是往左拐，使我想起那就是找到某些迷宫的中心院子的惯常做法。我对迷宫有所了解：我不愧是彭冣的曾孙，彭冣是云南总督，他辞去了高官厚禄，一心想写一部比《红楼梦》人物更多的小说，建造一个谁都走不出来的迷宫。他在这些庞杂的工作上花了十三年工夫，但是一个外来的人刺杀了他，他的小说像部天书，他的迷宫也无人发现。我在英国的树下思索着那个失落的迷宫：我想象它在一个秘密的山峰上原封未动，被稻田埋没或者淹在水下，我想象它广阔无比，不仅是一些八角凉亭和通幽曲径，而是由河川、省份和王国组成……我想象出一个由迷宫组成的迷宫，一个错综复杂、生生不息的迷宫，包罗过去和将来，在某种意义上甚至牵涉到别的星球。我沉浸在这种虚幻的想象中，忘掉了自己被追捕的处境。在一段不明确的时间里，我觉得自己抽象地领悟了这个世界。模糊而生机勃勃的田野、月亮、傍晚的时光，以及轻松的下坡路，这一切使我百感丛生。傍晚显得亲切、无限。道路继续下倾，在模糊的草地里岔开两支。一阵清越的乐声抑扬顿挫，随风飘荡，或近或远，穿透叶丛和距离。我心想，一个人可以成为别人的仇敌，成为别人一个时期的仇敌，但不能成为一个地区、萤火虫、字句、花园、水流和风的仇敌。我这么想着，来到一扇生锈的大铁门前。从栏杆里，可以望见一条林荫道和一座凉亭似的建筑。我突然明白了两件事，第一件微不足道，第二件难以置信；乐声来自凉亭，是中国音乐。正因为如此，我并不用心倾听就全盘接受了。我不记得门上是不是有铃，是不是我击掌叫门。像火花迸溅似的乐声没有停止。

然而，一盏灯笼从深处房屋出来，逐渐走近：一盏月白色的鼓形灯笼，有时被树干挡住。提灯笼的是个高个子。由于光线耀眼，我看不清他的脸。他打开铁门，慢条斯理地用中文对我说：

"看来彭熙情意眷眷，不让我寂寞。您准也是想参观花园吧？"

我听出他说的是我们一个领事的姓名，我莫名其妙地接着说：

"花园？"

"小径分岔的花园。"

我心潮起伏，难以理解地肯定说：

"那是我曾祖彭㝢的花园。"

"您的曾祖？您德高望重的曾祖？请进，请进。"

潮湿的小径弯弯曲曲，同我儿时的记忆一样。我们来到一间藏着东方和西方书籍的书房。我认出几卷用黄绢装订的手抄本，那是从未付印的明朝第三个皇帝下诏编纂的《永乐大典》的佚卷。留声机上的唱片还在旋转，旁边有一只青铜凤凰。我记得有一只红瓷花瓶，还有一只早几百年的蓝瓷，那是我们的工匠模仿波斯陶器工人的作品……

斯蒂芬·艾伯特微笑着打量着我。我刚才说过，他身材很高，轮廓分明，灰眼睛，灰胡子。他的神情有点像神甫，又有点像水手；后来他告诉我，"在想当汉学家之前"，他在天津当过传教士。

我们落了座；我坐在一张低矮的长沙发上，他背朝着窗口和一个落地圆座钟。我估计一小时之内追捕我的理查德·马登到不了这里。我的不可挽回的决定可以等待。

"彭㝡的一生真令人惊异，"斯蒂芬·艾伯特说。"他当上家乡省份的总督，精通天文、占星、经典诠诂、棋艺，又是著名的诗人和书法家：他抛弃了这一切，去写书、盖迷宫。他抛弃了炙手可热的官爵地位、娇妻美妾、盛席琼筵，甚至抛弃了

95

治学，在明虚斋闭户不出十三年。他死后，继承人只找到一些杂乱无章的手稿。您也许知道，他家里的人要把手稿烧掉，但是遗嘱执行人——一个道士或和尚——坚持要刊行。"

"彭㝡的后人，"我插嘴说，"至今还在责怪那个道士。刊行是毫无道理的。那本书是一堆自相矛盾的草稿的汇编。我看过一次：主人公在第三回里死了，第四回里又活了过来。至于彭㝡的另一项工作，那座迷宫……"

"那就是迷宫，"他指着一个高高的漆柜说。

"一个象牙雕刻的迷宫！"我失声喊道。"一座微雕迷宫……"

"一座象征的迷宫，"他纠正我说。"一座时间的无形迷宫。我这个英国蛮子有幸悟出了明显的奥秘。经过一百多年，细节已无从查考，但不难猜测当时的情景。彭㝡有一次说：我引退后要写一部小说。另一次说：我引退后要盖一座迷宫。人们都以为是两件事，谁都没有想到书和迷宫是一件东西。明虚斋固然建在一个可以说是相当错综的花园的中央，这一事实使人们联想起一座实实在在的迷宫。彭㝡死了；在他广阔的地产中间，谁都没有找到迷宫。两个情况使我直截了当地解决了这个问题。一是关于彭㝡打算盖一座绝对无边无际的迷宫的奇怪的传说。二是我找到的一封信的片断。"

艾伯特站起来。他打开那个已经泛黑的金色柜子，背朝着我有几秒钟之久。他转身时手里拿着一张有方格的薄纸，原先的大红已经褪成粉红色。彭㝡一手好字名不虚传。我热切然而不甚了了地看着我一个先辈用蝇头小楷写的字：我将小径分岔的花园留诸若干后世（并非所有后世）。我默默把那张纸还给艾伯特。他接着说：

"在发现这封信之前，我曾自问：在什么情况下一部书才能成为无限。我认为只有一种情况，那就是循环不已、周而复始。书的最后一页要和第一页雷同，才有可能没完没了地连续下去。我还想起一千零一夜正中间的那一夜，山鲁佐德王后（由于抄写员神秘的疏忽）开始一字不差地叙说一千零一夜的故事，这一来有可能又回到她讲述的那一夜，从而变得无休无止。我又想到口头文学作品，父子口授，代代相传，每一个新的说书人加上新的章回或者虔敬地修改先辈的章节。我潜心琢磨这些假设，但是同彭㝡自相矛盾的章回怎么也对不上号。正在我困惑的时候，牛津给我寄来您见到的手稿。很自然，我注意到这句话：我将小径分岔的花园留诸若干后世（并非所有后世）。我几乎当场就恍然大悟：小径分岔的花园就是那部杂乱无章的小说；若干后世（并非所有后世）这句话向我揭示的形象是时间而非空间的分岔。我把那部作品再浏览一遍，证实了这一理论。在所有的虚构小说中，每逢一个人面临几个不同的选择时，总是选择一种可能，排除其他；在彭冣的错综复杂的小说中，主人公却选择了所有的可能性。这一来，就产生了许多不同的后世，许多不同的时间，衍生不已，枝叶纷披。小说的矛盾就由此而起。比如说，方君有个秘密；一个陌生人找上门来；方君决心杀掉他。很自然，有几个可能的结局：方君可能杀死不速之客，可能被他杀死，两人可能都安然无恙，也可能都死，等等。在彭冣的作品里，各种结局都有；每一种结局是另一些分岔的起点。有时候，迷宫的小径汇合了：比如说，您来到这里，但是某一个可能的过去，您是我的敌人，在另一个过去的时期，您又是我的朋友。如果您能忍受我糟糕透顶的发音，咱们不妨念几页。"

在明快的灯光下，他的脸庞无疑是一张老人的脸，但有某种坚定不移的、甚至是不朽的神情。他缓慢而精确地朗读同一章的两种写法。其一，一支军队翻越荒山投入战斗，困苦万状的山地行军使他们不惜生命，因而轻而易举地打了胜仗；其二，同一支军队穿过一座正在欢宴的宫殿，兴高采烈的战斗像是宴会的继续，他们也夺得了胜利。我带着崇敬的心情听着这些古老的故事，更使我惊异的是想出故事的人是我的祖先，为我把故事恢复原状的是一个遥远帝国的人，时间在一场孤注一掷的冒险过程之中，地点是一个西方岛国。我还记得最后的语句，像神秘的戒律一样在每种写法中加以重复：英雄们就这样战斗，可敬的心胸无畏无惧，手中的钢剑凌厉无比，只求杀死对手或者沙场捐躯。

从那一刻开始，我觉得周围和我身体深处有一种看不见的、不可触摸的躁动。不是那些分道扬镳的、并行不悖的、最终会合的军队的躁动，而是一种更难掌握、更隐秘的、已由那些军队预先展示的激动。斯蒂芬·艾伯特接着说：

"我不信您显赫的祖先会徒劳无益地玩弄不同的写法。我认为他不可能把十三年光阴用于无休无止的修辞实验。在您的国家，小说是次要的文学体裁，那时候被认为不登大雅。彭冣是个天才的小说家，但也是一个文学家，他绝不会认为自己只是个写小说的。和他同时代的人公认他对玄学和神秘主义的偏爱，他的一生也充分证实了这一点。哲学探讨占据他小说的许多篇幅。我知道，深不可测的时间问题是他最关心、最专注的问题。可是《花园》手稿中唯独没有出现这个问题。甚至连时间这个词都没有用过。您对这种故意回避怎么解释呢？"

我提出几种看法，都不足以解答。我们争论不休，斯蒂芬·艾伯特最后说：

"设一个谜底是棋的谜语时，谜面唯一不准用的字是什么？"

我想一会儿后说：

"棋字。"

"一点不错，"艾伯特说。"小径分岔的花园是一个庞大的谜语，或者是寓言故事，谜底是时间；这一隐秘的原因不允许手稿中出现时间这个词。自始至终删掉一个词，采用笨拙的隐喻、明显的迂回，也许是挑明谜底的最好办法。彭冣在他孜孜不倦创作的小说里，每有转折就用迂回的手法。我核对了几百页手稿，勘正了抄写员的疏漏错误，猜出杂乱的用意，恢复或者我认为恢复了原来的顺序，翻译了整个作品；但从未发现有什么地方用过时间这个词。显而易见，小径分岔的花园是彭㝡心目中宇宙的不完整然而绝非虚假的形象。您的祖先和牛顿、叔本华不同的地方是他认为时间没有同一性和绝对性。他认为时间有无数系列，背离的、汇合的和平行的时间织成一张不断增长、错综复杂的网。由互相靠拢、分歧、交错或者永远互不干扰的时间织成的网络包含了所有的可能性。在大部分时间里，我们并不存在；在某些时间，有你而没有我；在另一些时间，有我而没有你；再有一些时间，你我都存在。目前这个时刻，偶然的机会使您光临舍间；在另一个时刻，您穿过花园，发现我已死去；再在另一个时刻，我说着目前所说的话，不过我是个错误，是个幽灵。"

"在所有的时刻，"我微微一震说，"我始终感谢并且钦佩你重新创造了彭㝡的花园。"

"不可能在所有的时刻，"他一笑说。"因为时间永远分岔，通向无数的将来。在将来的某个时刻，我可以成为您的敌人。"

我又感到刚才说过的躁动。我觉得房屋四周潮湿的花园充斥着无数看不见的人。那些人是艾伯特和我，隐蔽在时间的其他维度之中，忙忙碌碌，形形色色。我再抬起眼睛时，那层梦魇似的薄雾消散了。黄黑二色的花园里只有一个人，但是那个人像塑像似的强大，在小径上走来，他就是理查德·马登上尉。

"将来已经是眼前的事实，"我说。"不过我是您的朋友。我能再看看那封信吗？"

艾伯特站起身。他身材高大，打开了那个高高柜子的抽屉；有几秒钟工夫，他背朝着我。我已经握好手枪。我特别小心地扣下扳机：艾伯特当即倒了下去，哼都没有哼一声。我肯定他是立刻丧命的，是猝死。

其余的事情微不足道，仿佛一场梦。马登闯了进来，逮捕了我。我被判绞刑。我很糟糕地取得了胜利：我把那个应该攻击的城市的保密名字通知了柏林。昨天他们进行轰炸，我是在报上看到的。报上还有一条消息说著名汉学家斯蒂芬·艾伯特被一个名叫余准的陌生人暗杀身死，暗杀动机不明，给英国出了一个谜。柏林的头头破了这个谜。他知道在战火纷飞的时候我难以通报那个叫艾伯特的城市的名称，除了杀掉一个叫那名字的人之外，找不出别的办法。他不知道（谁都不可能知道）我的无限悔恨和厌倦。

杜撰集

序　言

　　这个集子里的小说虽然写得不那么笨拙，性质和前一个集子没有什么区别。其中两篇，《死亡与指南针》和《博闻强记的富内斯》，也许需要稍作说明。后者是长夜失眠的隐喻。前者尽管有一些德国或者斯堪的纳维亚的专名，背景却是梦幻中的布宜诺斯艾利斯：弯曲的土伦路是七月大道；特里斯勒罗伊是赫伯特·阿什所在的旅馆，他在那里收到了，但也许没有看那部并不存在的百科全书的十一卷。那篇虚构小说写完后，我曾考虑是否把它涵盖的时间和空间加以扩展：报复的可能是世仇；时间可能以年或世纪计算；名字的第一个字母可能在冰岛念出，第二个字母可能在墨西哥、第三个字母可能在印度斯坦念出。我是不是还要补充说哈西德教徒包括圣徒，要牺牲四条人命才能知道构成那个名字的四个字母，那才是我故事的形式所决定的幻想？

一九五六年补记。这个集子增加了三篇故事：《南方》《凤凰教派》和《结局》。在最后一篇短暂的时间过程中，除了一个人物——雷卡巴伦（他的动弹不得和消极起对比作用）——之外，其余都不是或者不都是我的杜撰；它叙说的一切都包含在一部名著里，我只是第一个琢磨出来，或者至少是第一个把它说出来的人而已。在《凤凰教派》的隐喻里，我学会了如何以犹豫不决和逐步深入的方式提出一个最终不容置疑的普通问题。《南方》也许是我最得意的故事，我要说的只是既可以把它当作传奇故事的直接叙述来看，也可以从别的角度来看。

我经常阅读叔本华、德·昆西、斯蒂文森、毛特纳、萧伯纳、切斯特顿和莱昂·布洛瓦等人的风格各异的作品，我认为在那篇题为《关于犹大的三种说法》的涉及基督学的幻想小说中，可以看到布洛瓦的遥远的影响。

豪·路·博尔赫斯

一九四四年八月二十九日，布宜诺斯艾利斯

博闻强记的富内斯

我记得（其实我没有权利讲出那个神圣的动词，世界上只有一个人有权利，但那个人已经不在了）他手里拿着一枝深色的西番莲，仿佛从未见过似的瞅着它，尽管他从黎明到黄昏一直看着，看了整整一辈子。我记得他衔着香烟，沉默寡言，那张有印第安特征的脸庞的神情显得出奇地遥远。我认为我记得他细长灵活的手指的模样。我记得他手边那个有东岸地带[1]纹章的马黛茶罐；我记得他家窗外一张黄色的席子，隐约可以望到湖边的景色。我清晰地记得他的声音，旧时城郊居民那种缓慢、阴郁的鼻音，没有如今那些意大利移民的咝咝声。我只见过他三次，最后一次是一八八七年……我觉得凡是同他有过接触的人写一些回忆他的文章将是很有意义的事；我的文章也许会是你们汇编的集子中最简短，肯定最贫乏，但不是最不公正的一篇。当主题涉及一个乌拉圭人时，我身为阿根廷人的可悲情况有碍于我参与乌拉圭的必不可少的赞颂体裁。有文化的、风度翩翩的布宜诺斯艾利斯人，富内斯虽然没有用过那种损人的字眼，但我有充分理由相信，在他心目中我就是那种人物。佩德罗·莱安德罗·伊普切[2]说过，富内斯是超人的先驱者，"一个土生土长、未加斧凿的查拉图斯特拉[3]"；我对这一点并无异议，但不能忘记，他也是弗赖本托斯[4]的一般居民，有某些无法弥补的局限性。

我第一次见到富内斯的印象十分清晰。那是一八八四年三月或二月的一个傍晚。当时我父亲带我去弗赖本托斯度夏。我同表哥贝尔纳多·阿埃多从圣弗朗西斯科庄园回来。我们骑着马，唱着歌，心情舒畅。更使我高兴的是，闷热了

1　指南美洲乌拉圭河以东的西班牙旧时领地，包括现在的乌拉圭和巴西的圣佩德罗、南里奥格兰德、圣卡塔琳娜州。

2　Pedro Leandro Ipuche（1889—1976），乌拉圭本土主义诗人，著有诗集《崭新的翅膀和深沉的土地》。

3　德国哲学家尼采一部散文诗中的人物，尼采在诗中阐述了他的超人论。

4　乌拉圭河畔城市，乌拉圭内格罗河省省会。

一天，天空突然乌云密布，南风又推波助澜，树枝乱舞；我担心（或者不如说盼望）在旷野淋到倾盆大雨。我们策马飞奔，仿佛同暴风雨赛跑。我们进入一条小巷，两旁是极高的砖砌的人行道。天色突然黑了下来；我听到上面传来迅速的、几乎隐秘的脚步声，我抬眼一看，只见狭窄破败的人行道上有个小伙子像在狭窄破败的墙头奔跑。我记得他穿的灯笼裤和草鞋，铺天盖地的乌云衬托着他衔着香烟的阴暗的脸。贝尔纳多出乎意料地朝他嚷道："几点钟啦，伊雷内奥？"小伙子既不看天色，也不站停，脱口回答说："八点差四分，贝尔纳多·胡安·弗朗西斯科少爷。"他的声音很尖，有点嘲弄的意味。

我当时心不在焉，如果我表哥没有强调，他们两人的一问一答根本不会引起我注意。我想表哥之所以强调，大概是出于乡土的自豪，并且想表明他并不计较那种连名带姓的称呼。

表哥告诉我，巷子里的那个小伙子名叫伊雷内奥·富内斯，有点怪，比如说，他跟谁都不往来，并且像钟表一样随时能报出时间。他母亲是镇上一个熨衣工，玛丽亚·克莱门蒂娜·富内斯，有人说他父亲是屠宰场的医生，一个名叫奥康纳的英国人，也有人说他父亲是萨尔托省的一个驯马人或者向导。他同母亲一起住在月桂庄园拐角的地方。

一八八五和一八八六年，我们在蒙得维的亚市度夏。一八八七年，我们又去弗赖本托斯。我很自然地问起所有认识的人，最后也问到那个"活钟表富内斯"。人们告诉我，他在圣弗朗西斯科庄园从一匹没有驯化的马背上摔下来，就此瘫痪，没有康复的希望。我记得那消息在我心中勾起的不舒适的魔幻似的印象：我只见过他一次，当时我们从圣弗朗西斯科庄园骑马归来，他在高处行走；我表哥贝尔纳多介绍的情况很像一个似曾相识的梦。他们说他躺在小床上动弹不得，眼睛盯着远处一株仙人掌或者一张蜘蛛网。傍晚时，他让人把他抬到窗口。他非常高傲，甚至假装认为这次要命的打击是因祸得福……我隔着栅栏见过他两次，栅栏粗鲁地使人联想到他作为永恒囚徒的处境：一次见他一动不动，闭着眼睛；另一次也是一动不动，出神地瞅着一枝气味浓烈的山道年枝条。

那时候，我已自鸣得意地开始系统学习拉丁文。我衣箱里带着洛蒙德的《名人传》、基切拉特的《文选》、朱利乌斯·恺撒的评论和一本不成套的普林尼的《自然史》，那些书当时和现在都超出了我作为拉丁文学者的有限功力。小镇上，一点芝麻绿豆的小事都传得很快，住在湖边小屋的伊雷内奥没过多久就听说镇上到了这些少见的书籍。他给我写了一封文笔华丽、措辞客气的信，信中提到"一八八四年二月七日"我们短暂得使人遗憾的邂逅，赞扬了在那一年去世的我舅舅堂格雷戈里奥·阿埃多"在英勇的伊图萨因戈战役[1]中为两个国家立下的光荣功劳"，请求我随便借一本拉丁文书给他，并且附一本字典，"以便更好地了解原著，因为我目前还不会拉丁文"。他保证在极短的时间里完好地归还书和字典。书法完美清秀，拼写按照安德列斯·贝略[2]主张的那样，把 y 写成 i，g 写成 j。乍一看，我自然而然地认为是开玩笑。我的表兄弟们向我保证说不是玩笑，而是伊雷内奥的玩意儿。我觉得学习艰深的拉丁文除了一本字典之外不需要别的工具，这种想

1　1827 年这场战役中阿根廷人和乌拉圭人在阿根廷将军阿尔韦亚尔指挥下打败巴西人。参见第 10 页注 1。

2　Andrés Bello (1781—1865)，委内瑞拉作家、学者，翻译过许多拉丁文和法文的诗歌，并创作诗歌和剧本，著有《与诗谈论》《文学史大纲》《人权原则》《国际法原则》《西班牙语语法》《西班牙语的正音和韵律原则》等。

法不知该算是无耻、无知或是愚蠢；为了让他头脑清醒清醒，我给他送去了基切拉特的《诗文津梁》和普林尼的作品。

二月十四日，布宜诺斯艾利斯给我来一份电报，让我火速回去，因为我父亲"情况不妙"。上天可怜，作为一份紧急电报收报人的重要性，想让弗赖本托斯全镇的人知道消息的消极形式和"不妙"那个断然的副词之间的矛盾的愿望，故作男子汉的坚强从而使我的悲伤更富于戏剧性的诱惑，也许转移了我感到痛苦的全部可能性。我收拾衣箱时，发现少了《津梁》和《自然史》的第一卷。土星号轮船第二天上午就要起航；当天晚饭后，我朝富内斯家走去。使我吃惊的是夜晚的凄凉程度并不低于白天。

富内斯的母亲在整洁的小屋里接待了我。她告诉我说富内斯在后屋，如果屋里漆黑不必奇怪，因为伊雷内奥已经习惯于不点蜡烛，消磨沉闷的时光。我穿过铺砖的院子和一条小走廊，到了第二个院子。有一株葡萄藤，其余几乎是漆黑一片。突然间，我听到伊雷内奥带有嘲弄意味的尖声音。那声音在讲拉丁语；那个从黑暗里传来的声音拿腔拿调、自得其乐地在背诵一篇讲演、祈祷或者经文。古罗马的音节在泥地的院子里回荡；我惊愕之下觉得那些音节无法解释、没完没了；后来，在那晚的长谈中，我才知道他背诵的是《自然史》第七卷第二十四章第一段。那一章的内容涉及记忆力，最后一句话是"耳闻之事皆成文章"。

伊雷内奥声调没有任何改变，请我进屋。他躺在小床上抽烟。我觉得在天亮之前看不到他的脸，只记得他吸烟时发红的烟头。屋子里有一股淡淡的潮味。我坐下，重述了电报和我父亲生病的事。

现在到了我故事中最困难的一点。也许该让读者早知道，故事情节只是五十年前的一次对话，他的原话现在已记不清了，我不打算复述，我只想忠实地总结一下伊雷内奥对我讲的许多事。间接叙述显得遥远而软弱无力，我明白我的故事会打折扣，我的读者们可以想象那晚断断续续谈话的情形。

伊雷内奥首先拉丁语和西班牙语并用，列举了《自然史》中记载的超凡记忆力的事例：波斯国王西罗能叫出他军队里每一个士兵的名字；庞塔斯古国的密特里达特斯大帝能用二十二种语言治理他的帝国；希腊诗人西蒙尼德斯发明了记忆训练法；梅特罗多罗只要听人念一次，再长的文章都能一字不差地背诵出来。他确实不明白这类事情有什么惊人之处。他对我说，在淡青色的马把他甩到地上的那个多雨的下午之前，他同一般人毫无区别：可以说又瞎又聋，懵懵懂懂，什么都记不住。（我提醒他，他有精确的时间感，他记得清别人的姓名和父名；他却不理会。）他生活过的十九年仿佛是一场大梦：视而不见，听而不闻，忘性特大，什么都记不住。从马背上摔下来之后，他失去了知觉；苏醒过来时，眼前的一切是那么纷繁、那么清晰，以前再遥远、再细小的事都记得那么清晰，简直难以忍受。不久之后，他发现自己已经瘫痪。他并不在意。我觉得他认为动弹不得是最小的代价。如今他的理解力和记忆力好得不能再好了。

我们一眼望去，可以看到放在桌子上的三个酒杯；富内斯却能看到一株葡萄藤所有的枝条、一串串的果实和每一颗葡萄。他记得一八八二年四月三十日黎明时南面朝霞的形状，并且在记忆中同他只见过一次的一本皮面精装书的纹理比较，同克夫拉乔[1]暴乱前夕船桨在内格罗河激起的涟漪比较。那些

1　乌拉圭派桑杜省地名。1886 年，以卡斯特罗和阿雷东多为首发动反对临时总统维达尔的武装暴乱，被忠于维达尔的特赫斯将军平息。

并不是单纯的回忆，每一个视觉形象都和肌肉、寒暖等等感觉有联系。他能够再现所有的梦境。他曾经两三次再现一整天的情况，从不含糊，但每次都需要一整天时间。他对我说："我一个人的回忆抵得上开天辟地以来所有人的回忆的总和。"又说："我睡觉时就像你们清醒时一样。"天将亮时，他说："我的记忆正如垃圾倾倒场。"我们能够充分直感的形象是黑板上的一个圆圈、一个直角三角形、一个菱形；伊雷内奥却能直感马匹飞扬的鬃毛、山冈上牲口的后腿直立、千变万化的火焰和无数的灰烬，以及长时间守灵时死者的种种面貌。我不知道他看到天上有多少星星。

他对我讲了这些事情，当时和以后我都深信不疑。那年头没有电影和留声机，但无可置疑而难以置信的是谁都没有在富内斯身上做过实验。确切的是在生活中凡是能往后拖的事我们总是往后拖；也许我们都深信自己是不朽的，深信人迟早都会无所不能、无所不知。

富内斯的声音继续在黑暗中讲话。

他告诉我，他在一八八六年想出一种独特的记数法，几天之内就超过了两万四千。他没有用文字写下来，因为他只要想过一次就再也忘不了。最初促使他思考的是东岸三十三这组字[1]需要两个符号和三个字，他觉得麻烦，按照他的方法只需要一个符号和一个字。然后他把这个异想天开的原则应用到别的数字上。比如说，他用马克西莫·佩雷斯代替7013；用铁路代替7014；路易斯·梅利安、拉菲努尔、奥利瓦尔、硫磺、驮鞍、鲸鱼、煤气、锅炉、拿破仑、阿古斯丁·德·贝迪亚都分别代表一个数字。他用玖代替五百。每个字有一个特殊的符号，仿佛是某种标记；越到后面的数字越复杂……我试图向他解释，那种用毫无内在联系的字记数的狂想和科学的记数法是背道而驰的。我告诉他，人们说365这个数字时，就表明三个百位数、六个十位数和五个个位数；如果用黑蒂莫特奥和装肉麻袋来表示两个数字根本无从分析。富内斯不明白我的意思，或者不想明白。

----

1 1821 年 7 月 18 日，乌拉圭东岸被巴西吞并，改名为普拉塔西岸。1825 年，拉瓦列哈上校率领流亡布宜诺斯艾利斯的三十三名乌拉圭人回国，在数百名乌拉圭爱国者的协助下，围困蒙得维的亚，1825 年 8 月 25 日宣布独立。三十三人组织了两千名士兵，得到阿根廷帮助，于 1827 年 2 月 20 日在伊图萨因戈击败巴西军队，1828 年 8 月 27 日双方在蒙得维的亚签订和约，巴西及阿根廷均放弃对东岸的领土要求，1830 年 7 月 18 日颁布乌拉圭东岸共和国宪法。

十七世纪时，洛克[1]指出（或者指摘说）每一件具体事物、每一块石头、每一只鸟、每一根树枝都有其专名的语言是不可能的；富内斯也曾设计过一种相似的语言，但后来弃置不用了，因为他认为过于一般化，过于含混。事实上，富内斯非但记得每一座山林中每一株树的每一片叶子，而且还记得每次看到或回想到它时的形状。他决心把以往的每一天简化成七万左右的回忆，然后加以编号。后来出于两种考虑，他打消了原意：一是认识到这件工作没有止境，二是认识到这种做法没有用。他觉得到死的那天也来不及把他儿时的回忆全部加以分类。

我提到的两项计划（一部自然界事物的无穷尽的编码词汇，一部回忆印象的无用的腹稿目录）是荒谬的，但透露了某种难以言说的伟大。它们让我们看到或者猜测到富内斯的眼花缭乱的精神世界。我们不能忘记，富内斯几乎不会进行一般的、纯理论的思维。他非但难以理解"狗"这个共性符号包括不同大小、不同形状的许许多多、各色各样的个别的

1　John Locke（1632—1704），英国哲学家，有"英国经验主义之父"之称，主张用实验方法研究科学和哲学。他历时十七年写下著名的《人类理解论》。

狗；麻烦的是，从侧面看的编号为 3-14 的狗，名称会和从正面看的编号为 3-4 的狗一样。他每次在镜子里看到自己的脸和自己的手也会吃惊。斯威夫特说小人国的皇帝能看到钟表分针的移动，富内斯不断地看到腐烂、蛀牙和疲劳的悄悄的进程。他注意到死亡和受潮的进展。他是大千世界的孤独而清醒的旁观者，立竿见影，并且几乎难以容忍的精确。巴比伦、伦敦和纽约以它们的辉煌灿烂使人们浮想联翩、目不暇接；但是在它们的摩肩接踵的高楼和熙熙攘攘的大街上，谁都不像在南美洲城郊不幸的伊雷内奥那样日夜感到沸腾现实纷至沓来的热力和压力。他很难入睡。睡眠是摆脱对世界的牵挂；而富内斯仰面躺在床上，在黑暗中思索着他周围房屋的每一条裂罅和画线。（我得重复一遍，他的最微不足道的回忆比我们觉察的肉体快感和痛苦更鲜明、更丝丝入扣。）东面还没有划成街区的地方盖了一些新的、陌生的房屋。富内斯想象它们是黑色的、密实的，由一片均匀的黑暗所组成；他睡觉时便把脸对着那个方向。他还常常想象自己沉在河底，由流水摇晃着、放浪形骸。

　　他不费多少力气就学会了英语、法语、葡萄牙语、拉丁语。但我认为他思维的能力不是很强。思维是忘却差异，是归纳，是抽象化。在富内斯的满坑满谷的世界里有的只是伸手可及的细节。

拂晓的光亮迟疑地来到泥地的院子。

那时我才看清那张讲了一整夜话的脸。伊雷内奥十九岁，生于一八六八年；我觉得他像是一尊青铜雕像，比埃及更古老，早在预言和金字塔之前就已存在。我认为我的每一句话（我的每一个手势）将永远保存在他毫发不爽的记忆里；我不敢做无用的手势，因此十分拘谨。

伊雷内奥·富内斯由于肺充血在一八八九年去世。

一九四二年

刀　疤

　　他脸上有一条险恶的伤疤：一道灰白色的、几乎不间断的弧线，从一侧太阳穴横贯到另一侧的颧骨。他的真实姓名无关紧要，塔夸伦博的人都管他叫作红土农场的英国人。那片土地的主人，卡多索，起先不愿意出售。我听说那个英国人出了一个意想不到的主意：他把伤疤的秘密故事告诉了卡多索。英国人来自南里奥格兰德边境地区，不少人说他在巴西干走私买卖。红土农场的土地上荒草丛生，河水苦涩，英国人为了改变这种情况，跟雇工们一起干活。据说他严厉到了残忍的地步，不过办事十分公道。还说他爱喝酒，一年之中有两三次躲在那个有凸肚窗的房间里，猛喝两三天，再露面时像打过一仗或者昏厥之后苏醒过来似的，脸色苍白，两手颤抖，情绪很坏，不过仍旧跟先前一样威严。至今我还记得他冷冰冰的眼神、瘦削精悍的身躯和灰色的小胡子。他跟谁都不来往，他的西班牙语也确实差劲，讲起话来像巴西人[1]。除了偶尔有些商业信函或者小册子以外，从来没有人给他来信。

我最近一次在北方省份旅行的时候，遇上卡拉瓜塔河水暴涨，只能在红土农场过夜。没待几分钟，我发现自己来得不是时候；我想讨好那个英国人，便把谈话转到了一个不痛不痒的题目上——爱国主义。我说一个具有英吉利精神的国家是不可战胜的。主人表示同意，可又微笑着补充说他并不是英国人。他是爱尔兰登加凡地方的人。话刚出口，他立刻停住，好像觉得泄漏了一个秘密似的。

晚饭后，我们到外面去看看天色。已经放晴了，可是南方尖刀一般的山峰后面的天空，不时被闪电划破，另一场暴风雨正在酝酿。我们回到那个简陋的饭厅，刚才侍候我们吃饭的雇工端来一瓶朗姆酒。我们两人默不作声地喝

1　巴西讲葡萄牙语，葡萄牙语和西班牙语相近。

了好长时间。

不知过了多久，我发现自己有点醉意；不知是由于高兴还是由于腻烦，我忽然异想天开，提到了他脸上的伤疤。英国人脸色一沉，有好几秒钟冷场，我以为他准会把我撵出去。最后，他声调一点没有改变，对我说道：

"我不妨把这个伤疤的来历告诉你，可是有一个条件：不论情节多么丢人，多么不光彩，我都如实讲来，不打折扣。"

我当然同意。下面就是他的故事，讲的时候英语夹杂着西班牙语，甚至还有葡萄牙语。

一九二二年前后，康诺特[1]的一个城里有许多策划争取爱尔兰独立的人，我是其中之一。我当时的伙伴中间，有些人如今仍旧健在，从事和平的工作；有些人说来也怪，目前在海上或者沙漠里为英国旗帜战斗；还有一个最勇敢，拂晓时分在一个军营的场院里被那些睡眼惺忪的士兵枪决了；再有一些（并非最不走运的）在内战默默无闻甚至几乎是秘密的

1　爱尔兰西北部省份。

战斗中找到归宿。我们是一伙拥护共和、信奉天主教的人，我想我们还是浪漫主义者。在我们看来，爱尔兰不仅有难以忍受的现在，有乌托邦似的将来，它还是一个辛酸而可爱的神话；有圆塔，有红色的沼泽，是巴涅尔[1]的反抗，是歌颂盗牛的史诗，那些牛有时是英雄的化身，有时又是鱼和山的化身……一天下午，我记得很清楚，有一个成员，一个名叫约翰·文森特·穆恩的人从芒斯特省来到我们这里。

他年纪不到二十岁，又瘦小又窝囊，像无脊椎动物似的叫人看了不舒服。他带着死心眼的狂热熟读了一本不知什么名字的共产主义的小册子，无论谈论什么问题，总是用辩证唯物论来下结论。你有无数理由可以厌恶或者喜欢一个人，穆恩却把全部历史归纳为肮脏的经济冲突。他断言革命注定要胜利。我说仁人志士应当力挽狂澜，站在失败的一方……已经很晚了，我们从走廊、楼梯一直争论到街上。给我深刻印象的不是穆恩的观点，而是他那不容置辩的声调。这个新来的同志不是在讨论问题，而是带着轻蔑和愠怒在发号施令。

1　Charles Stewart Parnell（1846—1891），爱尔兰政治家，反抗英国统治、主张爱尔兰自治的领袖。

我们走到市区尽头，周围的房屋稀稀拉拉，这时突然响起一阵枪声，使我们大吃一惊（在这前后，我们经过了一家工厂或者一座军营的围墙）。我们赶紧拐进一条土路。一个士兵从着火的棚屋里出来，映着火光，身躯显得特别高大。他厉声吆喝，叫我们站住，我加快了脚步，我那个伙伴却没有跟上来。我转过身，只见约翰·文森特·穆恩吓得一动不动，呆若木鸡。我马上再往回跑，一拳把那个士兵打倒在地，使劲推推文森特·穆恩，狠狠骂他，叫他跟我走。他吓瘫了，我只得拽住他的胳臂拉着他跑。我们在火光四起的黑夜里夺路而逃，背后响起一阵密集的枪声。穆恩的右肩给一颗子弹擦过，我们逃进小松林时，他竟然抽抽搭搭地哭了起来。

那一年，一九二二年秋天，我在贝克莱将军的乡间宅第驻防。将军当时在孟加拉担任不知什么行政职务，我从没见过他。那座房屋盖了还不到一百年，但很破败阴暗，有许多曲折的走廊和无用的前厅。古董摆设和大量藏书占据了底层：那些书百家争鸣，互不相容，从某种意义上说来正好代表了十九世纪的历史；波斯内沙布尔的腰刀缓和的弧线上仿佛还遗留着古战场的风声和残酷。我记得我们是从后院进屋的。穆恩嘴唇颤抖干燥，喃喃地说那晚的经历很有趣；我替他倒了一杯茶，包扎了伤口，发现他挨的那枪只擦破了一点皮肉，没有伤筋动骨。突然，他迷惑不解地说：

"可是你冒了很大的危险。"

我叫他不必担心（内战的习惯迫使我刚才非那样做不可，何况一个成员被捕有可能危害我们的整个事业）。

第二天，穆恩已经恢复了镇静。他接过我给他的一支烟，然后严格地盘问我，要了解"我们革命党的经济来源"。他提的问题很有条理，我实话实说，告诉他情况很严重。南面枪声激烈。我对穆恩说，伙伴们在等着我们。我的大衣和手枪在我自己的房间里，我取了回来时，发现穆恩两眼紧闭，躺在沙发上，他觉得自己在发烧，诉说肩膀痛得厉害。

我明白他已经怯懦到了不可救药的地步，我尴尬地请他自己多加保重，然后向他告别。那个胆小的人叫我害臊，好像胆小鬼是我，不是文森特·穆恩。一个人的所作所为和所有的人都有共同之处，因此，把花园里的一次违抗说成是败坏了全人类不是不公平的，说一个犹太人被钉上了十字架就足以拯救全人类也不是不公平的。[1]叔本华的名言：我即他人，人皆众生，也许有道理。从某种意义上说，莎士比亚就是那个可悲的约翰·文森特·穆恩。

我们在将军的大宅里待了九天。关于战争的痛苦和希望我不想评论，我的目的是叙说这条使我破相的伤疤。那九天在我的记忆中似乎成了一天，除了最后第二天。那天，我们的人冲进了一座军营，杀了十六个士兵，替我们在艾尔芬被机枪扫射死去的十六个同志报了仇。天蒙蒙亮的时候，我从那座房子里溜了出来，傍晚才回去。我的伙伴在二楼等我，他因为伤痛不能下到底层。我记得他手里拿着一本有关战略的书，毛德或者克劳塞维茨[2]的作品。有一晚，他曾对我说过："我最喜欢的武器是大炮。"他打听我们的计划，夸夸其谈地加以批评或者修改。他还经常抨击"我们可悲的经济基础"，武断而阴沉地预言结局肯定一团糟。他嘀咕着说："这

1　这里指《圣经》中人类始祖亚当和夏娃违犯上帝命令吃了禁果从而被逐出伊甸园和耶稣被钉十字架的故事。

2　Carl von Clausewitz (1780—1831)，普鲁士将军，曾任柏林军事学校校长，著有《战争论》等。

件事完蛋了。"他为了表明并不介意自己肉体的懦弱，竭力显示头脑的敏锐。我们就这样好歹过了九天。

第十天，爱尔兰皇家警察辅助部队[1]完全控制了城市。高大的骑兵悄悄地在街上巡逻，风中夹着灰烟；我从街角望见广场中央吊着一具尸体，仿佛软荡荡的人体模型，士兵们拿它当靶子，不停地练习枪法……我那天清晨出门，午前就回来了。穆恩在图书室里和谁正讲着话，我听声调知道他在打电话。我听见他提到我的名字，接着又说我晚上七点钟回来，还出点子说可以等我穿过花园时逮捕我。我那位十分理智的朋友正在十分理智地出卖我。我还听到他要求保证他的人身安全。

故事的头绪到这里就乱了，也断了。我只记得那个告密者要逃跑，我穿过梦魇似的黑走廊和使人晕眩的长楼梯穷追不舍。穆恩很熟悉房子的布局，比我清楚得多，有几次几乎被他逃脱。但在士兵们抓住我之前，我把他逼到一个死角。我从墙上将军的兵器摆设中抽出一把弯刀，用那半月形的钢

---

1 此处原文为 Black and Tans（黑色与棕色），指 1920 年英国招募的非正规军，前往爱尔兰支援皇家警察，成员穿棕黄色卡其制服和爱尔兰皇家警察的黑色皮革装备，因此得名。

刃在他脸上留下了一条半月形的永不消退的血的印记。博尔赫斯，你我虽然素昧平生，我把这事的真相告诉了你。你尽可以瞧不起我，我不会难受的。

他说到这里停住了。我发现他的手在颤抖。

"穆恩后来怎么啦？"我问道。

"他领到了犹大[1]的赏钱，逃到巴西去了。那天下午，他看到几个喝醉的士兵在广场上把一个模型似的人当靶子射击。"

我等他讲下去，可是半晌没有下文。最后我请他往下讲。

于是他呻吟一声，怜惜地把那条弯曲的灰白伤疤指给我看。

"难道你不信吗？"他喃喃地说。"难道你没有看到我脸上带着卑鄙的印记吗？我用这种方式讲故事，为的是让你能从头听到尾。我告发了庇护我的人，我就是文森特·穆恩。现在你蔑视我吧。"

一九四二年

———————

1　耶稣十二门徒之一，后出卖耶稣，得到三十枚银币。

133

叛徒和英雄的主题

于是，柏拉图年[1]

卷走了新的是非观，

带来了相反的老概念；

所有的人跳起舞，他们的脚步

进入野蛮喧闹的锣鼓点。

威·勃·叶芝：《塔》

　　在切斯特顿（他撰写了许多优美的神秘故事）和枢密顾问莱布尼茨（他发明了预先建立的和谐学说）明显的影响下，我想出了这个情节，有朝一日也许会写出来，不过最近下午闲来无事，我先记个梗概。这个故事还有待补充细节，调整修改；有些地方我还不清楚；今天，一九四四年一月三日，我是这样设想的：

故事情节发生于一个被压迫的顽强的国家：波兰、爱尔兰、威尼斯共和国、南美或者巴尔干半岛上某一个国家……说得更确切一些，那是从前的事，尽管说书的是当代人，他讲的却是十九世纪中叶或者初叶的事。为了行文方便，我们不妨说地点是爱尔兰，时间是一八二四年。说书人名叫瑞安，他的曾祖父是年轻英俊、遭到暗杀的弗格斯·基尔帕特里克。基尔帕特里克的墓穴神秘地遭到挖掘，他的名字出现在勃朗宁和雨果的诗歌里，他的塑像耸立在红色沼泽地环绕的一座灰色的小山头。

基尔帕特里克是密谋者，是密谋者们秘密而光荣的领袖；正如从莫阿布远眺而不能到达想望之地的摩西一样，基尔帕特里克在他策划和梦想的起义获胜前夕死去。他去世一百周年的纪念日快到了，罪行的情节还是不解之谜，从事于编写英雄传记的瑞安发现这个谜已超出单纯的警察侦缉的范围。基尔帕特里克是在剧院里遭到暗杀的，不列颠警察一直没有找到凶手，历史学家宣称这一失败无损于不列颠警方的声誉，因为指使暗

---

1 天文学概念，指二万五千年的周期，经过这一周期后所有星辰复归原位。

杀的也许就是警方本身。谜的其他方面使瑞安感到不安。它们带有周期性：似乎重复或组合遥远地区和古老年代的事件。谁都注意到，法警们检查英雄尸体的时候，发现一封没有打开的信，信中警告他那晚去剧院有危险；尤利乌斯·恺撒前往朋友们的匕首等候他的地点时，也收到一封短简，透露了背叛的阴谋和叛徒们的姓名，但他当时来不及看。恺撒的妻子卡尔布尼亚梦见长老院下令为他修建的那座高塔被推倒了；基尔帕特里克被害的前夕，全国谣传基尔加凡的一座圆塔焚毁，这件事似乎也是预兆，因为基尔帕特里克出生在基尔加凡。这些（以及别的）类似现象在恺撒的历史和一个爱尔兰密谋者的历史里不一而足，使瑞安不由得认为有一种隐秘的时间形式，有一种重复出现的线条图形。他想到孔多塞[1]提出的十进制历史学，黑格尔、施宾格勒和维柯[2]提出的形态学，赫西奥德[3]提出的人类

1 Nicolas de Condorcet（1743—1794），法国哲学家、数学家，提出人类可以无限自我完善。

2 Giambattista Vico（1668—1744），意大利哲学家，著有《新科学》。

3 Hesiod，公元前8世纪希腊诗人，著有《神谱》、《工作与时日》，他把人类历史划分为黄金、白银、青铜、英雄和铁器五个时期。太古时期，民风淳朴，是为黄金时代，以后每况愈下，战争频仍，是为铁器时代。

从黄金时代堕落到铁器时代的学说。他想到灵魂轮回，这一学说给凯尔特文化添了恐怖气氛，连恺撒本人都把它同不列颠的德落伊巫师联系起来；他想弗格斯·基尔帕特里克在成为弗格斯·基尔帕特里克之前准是尤利乌斯·恺撒。一项奇特的核实使他摆脱了循环往复的迷宫，然后又把他带进错综复杂、一团乱麻似的新迷宫：一个乞丐在弗格斯·基尔帕特里克遇害的当天同他说了几句话，而这几句话早由莎士比亚在他的悲剧《麦克白》中预先展示过。历史照抄历史已经够令人惊异的，历史照抄文学简直令人难以想象……瑞安了解到，一八一四年，英雄最老的伙伴，詹姆斯·亚历山大·诺兰，把莎士比亚的主要剧本译成了爱尔兰的方言盖尔语，其中有《尤利乌斯·恺撒》。他在档案里还发现诺兰的一篇有关瑞士戏剧节的手稿，戏剧节是庞大的流动演出，要求几千名演员参加，剧目重现在城市和山区发生的真实历史事件。另一份人所未知的文件表明，在结局之前几天，基尔帕特里克主持最后一次秘密会议时，签署了一个叛徒的死刑判决书，叛徒的姓名已被涂抹。这一判决同基尔帕特里克一贯的仁慈作风很不谐调。瑞安调查了这件事（调查经过是故事中讳莫如深的地方之一），终于解开了谜。

基尔帕特里克是在一个剧院里遇害的，其实整个城市已经成为一座大剧院，演员不计其数，那出以他的死亡为高潮的戏剧持续了许多日日夜夜。经过情形是这样的：

　　一八二四年八月二日，密谋者举行秘密会议。全国起事的条件已经成熟，但是总有一些环节出问题：秘密会议成员中有个叛徒。弗格斯·基尔帕特里克委派詹姆斯·诺兰挖出叛徒。诺兰执行了任务：在领导人全体会议上宣布叛徒就是基尔帕特里克。他以无可辩驳的证据表明指控的确凿，密谋者把他们的领袖判决死刑。领袖签署了自己的判决书，但是请求处决方式以不损害祖国利益为原则。

　　于是诺兰想出一个奇特的方案。爱尔兰崇拜基尔帕特里克，对他可耻行径的最细微的起疑都会危害起义；诺兰提出一个计划，使叛徒的处决转化为解放祖国的动力。他建议被判死刑的人死于一个身份不明的刺客手下，情节要富于戏剧性，给人们印象深刻，从而推动起义。基尔帕特里克发誓予以合作，取得赎罪的机会，签署了处死自己的方案。

　　适逢其会的诺兰不知道怎么完整地策划这个复杂计划的所有情节；他不得不抄袭另一个剧作家，抄袭敌对的英国的威廉·莎士比亚。他重复了《麦克白》和《尤利乌斯·恺撒》的场景。公开和秘密演出进行了好几天。被判死刑的人到了都柏林，他争论、行动、祈求、谴责、发表感人至深的讲话，那些反映光荣的表演一招一式都由诺兰预先规定。数百名演员和主角密切合作；某些演员的角色比较吃重；另一些则跑跑龙套。他们说的话、干的事垂诸青史，留在爱尔兰激昂的记忆中。这一拯救并葬送基尔帕特里克的细心安排使他大为激动，以至于不止一次地作了一些即兴表演和讲话，丰富了法官提供的脚本。这场演员众多的戏按时展开，直到一八二四年八月六日，在一个模仿林肯总统遇刺时所坐的凄凉的剧院包厢里，一颗盼望已久的子弹射进了叛徒和英雄的胸膛，他两次口喷鲜血，几乎来不及说出预先准备的话。

在诺兰的作品里，模仿莎士比亚的段落最缺少戏剧性，瑞安猜想著者插进这些段落的目的是日后让人发现真相。他知道他本人也成了诺兰策划的剧情的一部分……经过苦苦思索，他决定闭口不谈他的发现。他出版了一本颂扬英雄光荣的书，那或许也在预料之中。

死亡与指南针

献给曼迪·莫利纳·维迪亚

在伦罗特运用大胆敏锐的分析能力所处理的众多问题中，再没有比那一系列定期发生、在桉树飘香的特里斯勒罗伊别墅告终的血腥事件更奇怪的，甚至可以说是匪夷所思。埃里克·伦罗特固然没能防止最后一件罪行的发生，但无可否认的是他已经预先料到。他固然没有猜中暗杀雅莫林斯基的凶手的身份，但推测到这一系列罪恶的隐秘性质和"红"夏拉赫（另一个绰号是"花花公子"夏拉赫）的插手。这名罪犯，如同许多别的罪犯一样，发誓非要伦罗特的命不可，伦罗特却不被吓倒。伦罗特自称是奥古斯特·杜宾[1]之类的纯推理家，但他也有冒险家，甚至赌徒的性格。

第一件罪行发生在北方旅馆——位于黄水滚滚的河畔的一座高大的棱柱形建筑。那座塔楼兼有疗养院可憎的白色、监狱的划分编号和藏垢纳污的外貌。十二月三日，来了一个灰胡子、灰眼睛的人，他是参加第三次犹太教法典研讨会的波多尔斯克地区的代表，马塞洛·雅莫林斯基博士。我们永远不会知道他是否喜欢北方旅馆：反正他逆来顺受地接受了，这种心理状态由来已久，伴随他忍受了喀尔巴阡山区的三年战斗生活和三千年的欺压和排犹迫害。旅馆给他安排在 R 层的一个房间，正对着加利利地方长官的豪华套间。雅莫林斯基吃了晚饭，准备第二天去观光这个陌生的城市，把他的许多书籍和极少的衣物放在壁柜里，午夜之前熄灯上床。（这是住在隔壁房间里的加利利长官的汽车司机说的。）十二月四日上午十一点零三分，《意第绪报》一个编辑打电话来；雅莫林斯基博士没有接电话；结果在房间里发现了他，披着一件老

---

1 美国作家爱伦·坡的推理小说《莫格街谋杀案》《被窃的信件》和《玛丽·罗热的秘密》中一个精明强干的业余侦探，据说确有其人，爱伦·坡从友人处听说他的事迹，做了艺术加工。

式的大罩袍，里面几乎赤裸，脸色微显紫黑，他倒在通向走廊的房门口；前胸深深插着一把匕首。两小时后，房门里满是新闻记者、摄影师、宪兵，警察局长特莱维拉努斯和伦罗特也在其中，平静地争辩着。

"没有必要在鸡蛋里找骨头，"特莱维拉努斯挥着一支粗大的雪茄说。"大家都知道加利利地方长官拥有世界上最好的蓝宝石。有人想偷宝石，走错房间，闯进这里。雅莫林斯基受了惊动起身，小偷不得不杀了他。你的意见呢？"

"有可能，但是不有趣，"伦罗特说。"你会反驳说，现实不一定非有趣不可。我的答复是，现实可以不承担有趣的义务，但不能不让人作出假设。在你的假设里，偶然的因素太多了。这里的死者是个犹太教博士，我倾向于纯粹从犹太教博士的角度来解释，不多考虑假想的小偷引起的假想的不幸事件。"

特莱维拉努斯不高兴地说：

"我对犹太教博士的解释不感兴趣，我只关心抓住杀死这个陌生人的凶手。"

"并不太陌生，"伦罗特纠正他说。"这里有他的全集。"

他指指壁柜里一排大部头的书籍：一本《神秘哲学辨》、一本《罗伯特·弗勒德哲学探讨》、一部《塞弗·叶齐拉》的直译本、一部《巴尔·谢姆传》、一本《哈西德教派史》、一本有关四个字母的名字的专著（用德文写的）、另一本有关摩西五书的术语的专著。警察局长带着畏惧甚至厌恶的神情望望那些书。接着他笑出声来。

"我是个可怜的基督徒，"他说。"你愿意的话，把这些大部头书都拿去吧，我不能把时间浪费在犹太人的迷信方面。"

"也许这件罪案同犹太人迷信的历史有关，"伦罗特喃喃说。

"正如基督教一样，"《意第绪报》的编辑壮着胆子补充了一句。他眼睛近视，不信神，胆子极小。谁也没有理他。一个警探在小打字机上发现一张纸，上面有一句没完的句子：

名字的第一个字母已经念出。

伦罗特忍住微笑。他突然有了藏书或者研究希伯来语言文化的爱好，吩咐探员把死者的书籍打包，送到他的寓所。他不理会警方的调查，埋头研究那些书籍。一本大八开的书记载了虔诚教派的创始人伊斯雷尔·巴尔·谢姆·托布的教导；另一本谈四个字母的名字，也就是神的名字的功能和恐怖；还有一本的主题是神有一个秘密的名字，其中概括了他的第九属性，永恒，也就是立即了解宇宙过去、现在和将来的种种事物，正如波斯人认为马其顿的亚历山大大帝能从水晶球里看到一切。传说神有九十九个名字；希伯来语言文化学家认为这个不全的数字是出于对偶数魔力的畏惧；哈西德教派则认为这个欠缺说明还有第一百个名字，也就是绝对名字。

几天后，《意第绪报》的编辑打扰了他的研究。编辑来访，想谈谈凶杀案；伦罗特却谈神的种种名字；那位编辑在一篇占三栏篇幅的报道里宣称调查本案的埃里克·伦罗特最近一直在研究神的名字，以便发现凶手的姓名。伦罗特已经习惯于新闻报道简单化的作风，并不生气。有一个出版商发觉人们甘心于购买任何书籍，居然出版了《哈西德教派史》的简装本。

一月三日晚上，首都西郊一个十分荒凉的地方发生了第二件罪案。四日天亮时，在这一带骑马巡逻的宪兵发现一家关闭的油漆厂门口倒着一个披斗篷的人。血污满面，仿佛戴着红面具；前胸深深插着一把匕首。墙壁红黄两色的菱形图案上有几个炭写的字。宪兵辨认出什么字……当天下午，特莱维拉努斯和伦罗特前去偏远的犯罪现场。汽车左右两旁，城市逐渐解体；天空越来越宽广，房屋稀少了，偶尔可以看到一个砖瓦厂或者一株杨树。他们到达了凄凉的目的地：小街粉红色的土坯墙仿佛反映着恣肆的夕阳。死者身份已经辨明。他是丹尼尔·西蒙·阿塞韦多，在北郊老区有点名气，从车把式爬到选区打手，又堕落成为小偷和告密者。（他独特的死状似乎符合他的身份：阿塞韦多是一代善于使匕首而不会用手枪的歹徒的最后代表人物。）用炭写的字是这样的：

名字的第二个字母已经念出。

第三件罪案是二月三日晚上发生的。快一点钟时，警察局长特莱维拉努斯办公室的电话响了。说话的是一个喉音很重的男人，显然不想让人知道，说他姓金茨伯格（或者是金斯勃格），愿意以合理的报酬提供有关阿塞韦多和雅莫林斯基被害的情报。嘈杂的口哨和喇叭声淹没了告密者的声音。接着，电话断了。特莱维拉努斯不排斥开玩笑的可能性（那几天正好是狂欢节），但还是查出对方是从土伦路的利物浦酒店打的电话，那条散发着海水咸味的街道既有看西洋景的手推车和乳制品店，又有妓院和兜售《圣经》的行贩。特莱维拉努斯找酒店老板谈了话。老板名叫布莱克·芬尼根，爱尔兰人，以前犯过罪，如今衣着讲究得出奇，他告诉特莱维拉努斯说，最后使用酒店电话的是一个姓格里菲斯的房客，刚和几个朋友出去。特莱维拉努斯立即赶到利物浦酒店。老板说了如下的情况：格里菲斯八天前租了酒吧楼上的一个房间。那人尖腮高鼻，一脸灰色胡子，黑色衣服很寒酸；芬尼根（特莱维拉努斯猜到他原先是把这个房间留给一个伙计住的）漫天要价；格里菲斯当即付了他开的房租，没有二话。他几乎从不出来，晚饭、中饭都在房里吃，也没有在酒吧露过脸。那晚，他下楼到芬尼根的办公室打电话。一辆厢式四轮马车停在酒店门口。车夫没有动窝，有几个街坊想起他戴着狗熊面具。车厢里下来两个打扮得像小丑似的人，个子都很矮小，谁都注意到他们醉得东倒西歪。他们吹着小喇叭，闯进芬尼根的办公室；同格里菲斯拥抱，格里菲斯似乎认识他们，但对他们很冷淡；他们用意第绪语交谈了几句——格里菲斯低声带喉音，那两个人尖声用假嗓音说话——然后一起上楼。一刻钟后三个人兴高采烈地下来；格里菲斯摇摇晃晃，仿佛醉得和那两个人一样。他给夹在那两个戴面具的小丑中间，高出一头，东倒西歪。（酒吧里的一个女人记得面具上黄、红、绿色的菱形图案。）他磕磕碰碰，倒了两次，两次都被小丑扶起来。他们朝附近长方形的船坞走去，上了马车，转眼不见了。后一个小丑踩上马车踏脚板时，在拐角的石板上乱画了一个淫猥的图形和一句话。

特莱维拉努斯看了那句话。几乎早已料到，那句话是这样的：

名字的最后一个字母已经念出。

随后，他检查了格里菲斯–金茨伯格的房间。地上有一块四溅的血迹；角落里有匈牙利牌子的烟蒂；柜子里有一本拉丁文的书——《希伯来古希腊文化研究》，莱斯敦著

（一七三九年）——里面有手写的评注。特莱维拉努斯看了就有气，派人把伦罗特找来。伦罗特顾不上脱帽子，一到就马上翻阅那本书，警察局长则盘问这起可能的绑架案的互相矛盾的证人。凌晨四点钟，他们离开了酒店。在弯弯曲曲的土伦路上，他们踩着狂欢节遗留下来的、狼藉一地的彩色纸带，特莱维拉努斯说：

"如果今晚的事只是一场演习呢？"

埃里克·伦罗特笑笑，把《研究》第三十三篇一段画线标出的文字郑重其事地念了出来：

"希伯来人的日子从傍晚开始，到第二天傍晚结束。"

对方试图挖苦他：

"这就是你昨晚得到的最有价值的材料？"

"不。更有价值的是金茨伯格说的一个字。"

下午出版的报纸没有忽略这些死亡或失踪的新闻。《剑形十字报》把这些事同最近一次隐士代表大会的严格纪律和日程相比；欧内斯特·帕拉斯特在《殉道者报》上谴责"一场秘密而有节制的排犹运动的不可容忍的拖延，用三个月的时间消灭了三个犹太人"；《意第绪报》排除了反犹太人阴谋的骇人听闻的假设，"虽然不少有识之士对三重的神秘案件无法得到更好的解答"；南方最出名的枪手"花花公子红"夏拉赫断言他的区域永远不会出现那类罪案，指控警察局长弗朗茨·特莱维拉努斯失职。

特莱维拉努斯三月一日晚上收到一个密封的大信封。他打开后发现里面有一封署名为巴鲁克·斯宾诺莎的信和一张显然是从贝德格旅行指南撕下来的城区详图。信中预言三月三日不会发生第四起罪案，因为西面的油漆厂、土伦路的酒店和北方旅馆是"一个神秘的等边三角形的精确顶点"；地图上用红墨水笔画出了这个完美的三角形。特莱维拉努斯耐心看了那篇几何学论证，把信和地图送给伦罗特——这些莫名其妙的东西只配给他。

埃里克·伦罗特细细研究。三个地点确实是等距离的。时间对称（十二月三日、一月三日、二月三日）；空间也对称……他忽然觉得快要破谜了。一个罗盘和一个指南针完成了他突如其来的直觉。他一笑，念念有词地说着最近才学到的"四个字母的名字"，打电话给警察局长说：

"谢谢你昨晚派人送来的等边三角形。它帮我解决了问题。明天星期五，罪犯们就能关进监狱，我们可以高枕无忧了。"

"那么说，他们没有进行第四件罪案的计划？"

"正因为他们在策划第四件罪案，我们才能高枕无忧。"伦罗特说罢就挂断了电话。一小时后，他搭上南方铁路公司的列车，前往废弃的特里斯勒罗伊别墅。我故事里提到的城市，南部有一条泥泞的小河，由于倾倒垃圾和制革厂排放的污水废料，河道已经淤塞。河对岸的郊区工厂林立，地痞流氓在一个巴塞罗那头子的庇护下如鱼得水。伦罗特心想，其中最出名的一个，"红"夏拉赫，愿意付出任何代价来了解他这次秘密来访，不禁笑了。阿塞韦多是夏拉赫的同伙，伦罗特曾考虑过夏拉赫是第四名受害者的可能性，后来又把它排除了……实际上他已经破了这个谜；一些简单的情况、一些事实（姓名、逮捕、审讯和判刑的手续）如今已不能引起他的兴趣。他想散散心，在三个月的案牍调查之后得到休息。他想，罪案的解答竟在一个不知名的三角形和一个古老的希腊字里，谜已经豁然开朗；花了一百天才弄清楚使他感到惭愧。

列车在一个寂静的货运站停住。伦罗特下了车。那是一个像黎明一样荒凉的下午。茫茫平原上的空气潮湿寒冷。伦罗特信步在田野上走去。他看到狗，避让线上有一节车皮，看到地平线，一匹白马在水塘边饮水。擦黑时，他看到特里斯勒罗伊别墅的长方形的望楼，几乎和周围的黑桉树一般高。他想，离那些寻找名字的人盼望的钟头只有一个黎明和一个傍晚（东方和西方的发白和夕照）。

别墅不规则的周边是一道生锈的铁栏杆。大门关着。伦罗特认为从大门进去的希望不大，便沿着栏杆绕了一大圈。他又回到关着的大门前面，几乎是机械地把手伸进栏杆，摸到了插销。铁器的吱呀声出乎他意料。大门吃力地被推开了。

伦罗特踩着多年干枯的落叶，在桉树丛中走去。特里斯勒罗伊别墅的房屋近看满是无用的对称和怪僻的重复：一个阴暗的石龛里一尊冰冷的狄安娜雕像同另一个石龛里另一尊狄安娜像遥遥相对；一个阳台是另一个阳台一模一样的反映；两溜石阶各有双排扶手。一座双面的赫尔墨斯雕像投下奇形怪状的影子。伦罗特像刚才绕着别墅那样绕着房屋走了一圈。他察看了所有的地方，发现平台脚下有一扇百叶门。

他推开门：几级大理石阶通向地下室。伦罗特直觉地感到建筑师的偏爱，猜想地下室对面也有石阶。他果然找到，踏着石阶上去，举手推开出口的地板门。

　　一丝亮光引导他走到窗前。他打开窗子：一轮黄色的满月在凄凉的花园里勾勒出两座干涸的喷泉的轮廓。伦罗特察看了房屋。从餐厅前室和走廊出去总是一模一样的天井，或者转来转去还是原来的天井。他顺着尘封的楼梯上去到了圆形的前厅；面对面的镜子反映出无数的形象；他懒得再打开窗子了，因为窗外总是那个荒凉的花园，只是望出去的高度和角度不同而已；屋里是一些蒙着黄色罩子的家具和蜷缩在网中的蜘蛛。一间卧室引起他的注意；里面一个瓷瓶插着一枝孤零零的花；轻轻一碰，干枯的花瓣纷纷掉落。在三层楼，也就是最后一层，他觉得房子大得无边无际，并且还在扩展。他想，房子实际上并没有这么大。使它显得大的是阴影、对称、镜子、漫长的岁月、我的不熟悉、孤寂。

　　他顺着螺旋形楼梯登上望楼。月光通过窗上的菱形玻璃透进来，玻璃是黄、红、绿三色的。他突然想起一件事，不禁目瞪口呆。

两个身材矮小而结实的人凶猛地扑上来，制服了他，解除了他的武装；另一个很高大，严肃地招呼他说：

"难为你啦。你省了我们一天一夜的时间。"

那是"红"夏拉赫。两个人捆住伦罗特的手。他终于缓过气来说：

"夏拉赫，你是在找那个秘密的名字吗？"

夏拉赫仍旧若无其事地站着。他没有参与刚才短暂的扭打，只伸手接过伙伴缴下的伦罗特的枪。他开口说话了，伦罗特从他的声音里听到一种疲倦的胜利感、一种像宇宙一般寥廓的憎恨、一种不比那憎恨小多少的悲哀。

"不，"夏拉赫说。"我寻找的是更短暂脆弱的东西，我寻找的是埃里克·伦罗特。三年前，你在土伦路一家赌场逮捕了我弟弟，把他下了大牢。我肚子上挨了警察一颗枪弹，多亏我手下人用马车把我从枪战中抢救出来。我在这个荒凉的对称的别墅里煎熬了九天九夜；高烧把我折磨得死去活来，那个既望着夕阳又望着朝霞的可憎的双面雅努斯雕像使我昏睡和清醒时都不得安宁。最后我厌恶自己的身躯，我觉得两个眼睛、两只手、两个肺同两张脸一般可怕。一个爱尔兰人试图让我皈依基督教；他不断地对我重复那句非犹太人的话：条条道路通向罗马。夜里，这个比喻使我更加谵妄：我觉得世界是个走不出来的迷宫，尽管有的道路通向北方，有的通向南方，实际上都通向罗马，我弟弟蹲在里面受苦的牢房和特里斯勒罗伊别墅也是罗马。在那些夜晚，我以那个两面神和所有掌管热病的神的名义发誓，必在那个害我弟弟蹲大牢的人周围筑一个迷宫。我筑起了迷宫，万无一失；建筑材料是一个被谋杀的异教学者、一个指南针、十八世纪的一个教派、一个希腊字、一把匕首、一家油漆厂的菱形图案。

"行动计划的第一个步骤纯粹出于偶然。先前我和几个伙伴——其中有丹尼尔·阿塞韦多——策划偷加利利地方长官的蓝宝石。阿塞韦多出卖了我们：我们预支他一笔钱，他买酒喝得大醉，提前一天采取行动。他在那家大旅馆里晕头转向，凌晨两点闯进雅莫林斯基的房间。雅莫林斯基晚上睡不着，起来写作。他恰好想写一篇有关神的名字的文章，刚写好开头：名字的第一个字母已经念出。阿塞韦多威胁他，让他别出声；雅莫林斯基伸手要按铃，想呼叫旅馆的保安人员；阿塞韦多朝他胸口捅了一刀。那几乎是一个反射动作，半个世纪的暴力生活让他学会了杀人是最简单、最保险的事……十天后，我在《意第绪报》上看到，你想从雅莫林斯基写的东西寻找雅莫林斯基被杀之谜。我看过《哈西德教派史》，知道不敢念出神的名字的敬畏心理产生了认为那个名字隐秘而无所不能的教义。我知道有些哈西德教徒为了寻求那个秘密的名字甚至用活人作为牺牲品……我知道你猜想哈西德教徒把那个犹太教博士当了牺牲品；我便将错就错，让你认为你的猜测是对的。

"马塞洛·雅莫林斯基是十二月三日晚死的；我选了一月三日作为第二次'牺牲'的日子。他死在城北；第二次'牺牲'在城西比较合适。丹尼尔·阿塞韦多是必要的牺牲品。他罪有应得：他感情冲动，又是叛徒；他如果被捕，我们的整个计划就完蛋。我们的人捅死了他；为了把他的死和上一次联系起来，我在油漆厂的菱形图案上写了名字的第二个字母已经念出。

"第三件'罪案'是二月三日发生的。正如特莱维拉努斯猜测的，只是一场演习。格里菲斯－金茨伯格－金斯勃格就是我；我戴了假胡子在土伦路那个破房间里憋了一星期，等我的朋友把我绑架出去。他们中间的一个踩在马车踏脚板上在石板上写了名字的最后一个字母已经念出。这句话宣布说一系列的罪案是三件。一般人都是这么理解的；但是我反复插进一些迹象，以便让你这位推理家，埃里克·伦罗特，知道罪案是四件，城北出了怪事，城东城西都出了事，这便要求城南也有事；四个字母的名字，也就是神的名字 JHVH[1]，有四个字母；小丑面具和油漆厂的图案都暗示四。我在莱斯敦书中的一段文字下面画了道儿；那段文字说明希伯来人计算日子是从第一天傍晚到第二天傍晚；从而说明凶杀案是每月四日发生。我派人把那个等边三角形送给特莱维拉努斯。我料到你会加上欠缺的一点。组成一个完全的菱形的一点，预定一件精确的谋杀案将要发生的地点。我预先谋划了这一切，埃里克·伦罗特，以便把你引到荒凉的特里斯勒罗伊别墅来。"

伦罗特避开了夏拉赫的目光。他望着模糊的黄、绿、红菱形玻璃窗外的树木和天空。他感到有点冷，还有一种客观

---

1 希伯来文中"耶和华"（Jehovah）由四个字母组成，与之对应的是 JHVH 或 YHWH。

的、几乎无名的悲哀。已是夜晚了，灰蒙蒙的花园里升起一声无用的鸟鸣。伦罗特最后一次考虑对称和定期死亡的问题。

"你的迷宫多出三条线，"他最后说。"我知道一种希腊迷宫只有一条直线。在那条线上多少哲学家迷失了方向，一个简单的侦探当然也会迷失方向。夏拉赫，下次你变花样追踪我时，不妨先在甲地假造（或者犯下）一件罪案，然后在离甲地八公里的乙地干第二件，接着在离甲乙二地各四公里，也就是两地中间的丙地干第三件。然后在离甲丙二地各两公里，也就是那两地中间的丁地等着我，正如你现在要在特里斯勒罗伊别墅杀我一样。"

"下次我再杀你时，"夏拉赫说，"我给你安排那种迷宫，那种只有一条线的、无形的、永不停顿的迷宫。"

他倒退了几步，接着，非常小心地瞄准，扣下扳机。

秘密的奇迹

故真主使他在死亡的状态下逗留了一百年，然后使他复活。他说："你逗留了多久？"他说："我逗留了一日，或不到一日。"

《古兰经》，第二章第二百六十一节[1]

一九三九年三月十四日，亚罗米尔·赫拉迪克在布拉格市泽特纳街的一栋公寓里梦到一局下了很长时间的棋，此人是未完成的悲剧《仇敌》的作者，还写过《永恒辩》和一篇有关雅各布·贝姆的间接根源的考证。下棋的并不是两个个人，而是两个显赫的家族；棋局早在几世纪之前就已开始；谁都记不清奖金是多少了，据说数额很大，甚至无限；棋子

159

和棋盘放在一座秘密的塔楼里；亚罗米尔（在梦中）是两个敌对家族之一的长子；钟声报出了那盘不能再拖延的棋局的时间；做梦的人冒雨在沙漠里奔跑，记不起棋子的模样和下棋的规则了。正在此刻，他醒了。嘈杂的雨声和可怕的钟声已经停息。楼下泽特纳街传来有节奏而一致的响声，偶尔夹杂一些口令声。

三月十九日，当局接到举报；当天傍晚，亚罗米尔·赫拉迪克被捕。他给带到伏尔塔瓦河对岸一座消过毒的、刷成白色的兵营。他无法否认盖世太保指控他的任何一项罪名：他的母姓是亚罗斯拉夫斯基，他有犹太血统，他对贝姆的研究是信奉犹太教的证据，一份抗议德国兼并奥地利的声明书上有他的签名。一九二八年，他替赫尔曼·巴斯多夫出版社翻译过《瑟非尔·耶兹拉》；出版社详尽的图书目录出于商业目的夸大了译者的名气；掌握赫拉迪克命运的军官之一，朱利乌斯·罗特，翻阅了那本目录。人们除了自己的本行之外对别的事情都容易轻信；两三个用德文字母印刷的形容词

1　在马坚译《古兰经》中，这段文字在第二章第二百五十九节。

足以让朱利乌斯·罗特相信赫拉迪克不是等闲之辈，决定以"煽动人心"的罪名判处他死刑。执行日期定在三月二十九日上午九时。这一耽搁（读者马上会看到它的重要性）由于行政当局办事希望像植物生长和天体运行那样客观而按部就班。

赫拉迪克的第一感觉仅仅是恐怖。他认为绞刑、砍头或者凌迟处死都吓不倒他，但枪决是难以容忍的。他一再对自己说，可怕的是死亡的纯粹和总体行为，而不是具体的细节。他不厌其烦地想象那些细节：荒谬地试图穷尽各种变化。他没完没了地预先设想整个过程，从整夜失眠后的拂晓，到举枪齐射的神秘的一刻。在朱利乌斯·罗特预定的日子以前，他在想象中已经死了好几百次，行刑地点有各种各样的几何学形状，行刑士兵的模样不同、人数不等，有时站得很远，有时又相距极近。他以真正的恐惧（也许是真正的勇气）面对那些想象中的处决；每次持续几秒钟；结束这一周期之后，亚罗米尔又没完没了地回到他忐忑不安的临死前夕。他后来想，现实往往不可能和预见吻合；他以狡诈的逻辑推断，预先设想一个具体细节就能防止细节的发生。他坚信那种靠不住的魔法，虚构了一些难以忍受的特点，为的是不让它们发生；最后自然担心那些特点真的应验。他夜里苦恼万分，力图肯定时间的转瞬即逝的本质。他知道时间不分昼夜地朝着二十九日黎明迅跑；他自言自语说：现在是二十二日晚上，我仍活着，只要今晚（还有六个夜晚）的时间在持续，我就不会死，谁都奈何不了我。在他的想象中，那些多梦的夜晚是他可以藏身的又深又暗的水潭。有时他不耐烦了，盼望最终的排枪快些发射，好歹让他摆脱空想。二十八日，最后的一抹夕阳返照在高高的铁窗上时，他的剧本《仇敌》的形象转移了那些卑微的思想。

赫拉迪克年过四十。除了同少数几个朋友交往和许多习惯性的事情以外，构成他生活主要部分的是颇有问题的文学活动；如同所有的作家一样，他拿别人已经完成的作品来评价别人的成就，但要求别人拿他构思或规划的作品来评价他自己。在考证贝姆、阿布纳斯拉和弗勒德的作品时，他主要是下死功夫；在翻译《瑟非尔·耶兹拉》时，他的主要特点是疏忽、厌烦和揣测。他也许认为《永恒辩》的缺点比较少：第一卷叙说了人们所能想象的各种永恒性，从巴门尼德静止的实体到欣顿的可改变的过去；第二卷（附和弗朗西斯·布拉德利的意见）否认宇宙一切事物构成暂时系列的说法。他提出，人们可能遭遇的经历不是无限的，只要有一次"重复"就足以证明时间是个假象……可惜的是证明那种假象的论点是同样虚假的；赫拉迪克往往带着轻蔑的困惑浏览那些论点。他还写过一系列表现主义的诗歌；他弄不明白的是这些诗歌居然给编进一九二四年出版的一部诗选，以后的诗选也照样收入。赫拉迪克希望用《仇敌》这部诗剧一改过去阴差阳错的虚名。（赫拉迪克推崇诗歌，因为它不让观众忘掉艺术的不现实。）

这个剧本遵循了时间、地点和情节的统一[1]；剧中故事发生在赫拉德昌尼古堡勒默斯塔特男爵的藏书室里，时间是十九世纪末的一个下午。第一幕第一场，一个陌生人来拜访勒默斯塔特。（钟敲了七下，夕阳强烈地照在窗玻璃上，空中传来急促而熟悉的匈牙利音乐声。）陌生人之后又来了别的客人；勒默斯塔特不认识那些打扰他的人，但疑疑惑惑觉

---

1 古希腊哲学家、文艺理论家亚里士多德认为戏剧创作的重要原则是情节的统一，后世提出的三一律中的"时间的统一"和"地点的统一"是出于对其《诗学》的误解。

得在什么地方，也许是在梦中见过他们。那些人毫无例外地对他阿谀奉承，但在别人眼里——首先是看戏的观众，其次是男爵本人——他们都是隐秘的敌人，阴谋害他性命。勒默斯塔特设法阻止或者破坏了那些人的复杂的阴谋；对话中提到他的女友尤利亚·德魏登纳夫，还提到一个名叫亚罗斯拉夫·库宾的向尤利亚献殷勤的人。此人现在神经错乱，自以为是勒默斯塔特……危险加剧了；第二幕结束时，勒默斯塔特不得不杀了一个阴谋者。第三幕，也就是最后一幕开场。不连贯的地方逐渐增多：仿佛已经排除在情节之外的演员又回来了；被勒默斯塔特杀掉的人也回来了一次。有人指出还不到黄昏：钟敲七下，西落的太阳光映在高高的玻璃窗上，空中传来急促的匈牙利乐声。第一个对话者出场，重复了他在第一幕第一场说过的台词。勒默斯塔特和他谈话时并不惊讶；观众明白，勒默斯塔特就是那个不幸的亚罗斯拉夫·库宾。剧情根本没有发展：只是库宾周而复始的胡思乱想。

赫拉迪克从没有审视这部荒诞的悲喜剧是否委琐或者精彩，严谨或者疲沓。从剧情的简单介绍中可以看到，虚构的方式最适于掩盖缺点，发挥长处，有可能（用象征手法）复述他一生中主要的经历。第一幕和第三幕的某一场已经写好；由于剧本的格律性质，即使原稿不在手头，他也能不断地推敲修改那些六音步诗句。他想，还差两幕没写，但他很快就要死了。他在黑暗中祈求上帝。我好歹还存在，我不是您的重复和疏忽之一，我以《仇敌》作者的身份而存在。那部剧本可以成为我和您的证明，为了写完它，我还需要一年的时间。世纪和时间都属于您，请赐给我一年的日子吧。那是最后的一晚，最难熬的一晚，但是十分钟以后，梦像黑水一样把他淹没了。

黎明时分，他梦见自己身在克莱门蒂诺图书馆的阅览室里。一个戴墨镜的图书管理员问他找什么。赫拉迪克回说找上帝。管理员对他说："上帝在克莱门蒂诺图书馆的四十万册藏书中某一卷某一页的某一个字母里。我的父母、我父母的父母找过那个字母；我自己也找过，把眼睛都找瞎了。"他脱掉眼镜，赫拉迪克发现他确实双目失明。一个读者进来还一册地图集。"这本地图集没有用处，"管理员说，把地图集递给赫拉迪克。赫拉迪克随手翻翻。他头晕目眩地看到一幅印度地图。他突然福至心灵，指着其中一个字母。一个无处不在的声音说："你要求的工作时间已经批准。"赫拉迪克猛然醒来。

他想起人们做的梦是属于上帝的，迈蒙尼德斯[1]说过，梦中的话语如果清晰可辨，并且看不见说话的人，那些话就是神圣的。他穿好衣服，两个士兵进了囚室，吩咐他跟他们走。

在赫拉迪克的想象中，门外是迷宫似的走廊、楼梯和亭台。现实并没有那么丰富多彩，他们从唯一的铁梯下来，到了一个后院。几个士兵——其中一个军服的扣子没扣好——在检查一辆摩托车，议论纷纷。军士长看看表：八点四十四分。要等到九点整。赫拉迪克虽然感到不幸，但更感到失落，便坐在一堆木柴上。他注意到士兵们都避开他的眼光。军士长递给他一支卷烟，让他消磨等待的时光。赫拉迪克不抽烟，但出于客气和谦逊，接了过来。他点烟时发现手抖得厉害。天空阴沉沉的，士兵们压低声音说话，仿佛他已经是个死人。他试图想象那个象征尤利亚·德魏登纳夫的女人是什么模样，可是想不起来……

----

1 Maimonides（1135—1204），西班牙医师、作家和思想家，有"犹太教的亚里士多德"之称。

行刑队站成一排。赫拉迪克背靠营房的墙壁站着，等待开枪。有人担心墙壁沾上血迹，便吩咐囚犯朝前跨出几步。赫拉迪克可笑地联想到摄影师吩咐对象摆好姿势的情景。一滴雨水沉重地落到他一侧太阳穴，顺着面颊徐徐淌下；军士长一声吆喝，发出最后的命令。

　　物质世界凝固了。

　　枪口朝赫拉迪克集中，但即将杀他的士兵们一动不动。军士长举起的手臂停滞在一个没有完成的姿势上。一只蜜蜂在后院地砖上的影子也固定不动。风像立正似的停住。赫拉迪克试图喊叫，发出声音，扭动一下手。他明白自己动弹不得。他听不到这个受遏制的世界的最轻微的声息。他想：我在地狱里。我疯了。时间已经停滞。后来又想，果真如此的话，那么他的思维也应该停滞。他要做个实验：他背诵（嘴唇不动）维吉尔的神秘的第四首田园诗。他想那些已经遥远的士兵一定和他一样焦急，他渴望同他们沟通思想。使他惊异的是，一动不动待了这么久居然不感到疲倦，不感到眩晕。不知过了多久，他睡着了。醒来时，世界仍旧没有动静，没有声息。他脸上仍留有那滴雨水；地砖上仍有蜜蜂的影子；

他喷出的烟仍浮在空中，永远不会飘散。等到赫拉迪克明白时，已经过了另"一天"。

为了完成手头的工作，他请求上帝赐给他整整一年的时间，无所不能的上帝恩准了一年。上帝为他施展了一个神秘的奇迹：德国的枪弹本应在确定的时刻结束他的生命，但在他的思想里，发布命令和执行命令的间隔持续了整整一年。先是困惑和惊愕，然后是忍受，最终是突然的感激。

除了记忆之外，他没有任何文件可用；每增添一行六音步的诗句，他都默记在心，从而达到的准确和严谨，是那些灵机一动、想出整节整节的诗、随即又忘掉的人难以企及的。他不是为后代，也不是为上帝写作，因为他对上帝的文学喜好一无所知。他殚精竭虑、一动不动、秘密地在时间的范畴里营造无形的迷宫。他把第三幕改写了两次。删除了某些过于明显的象征：例如一再重复的钟声和音乐声。没有任何干扰。有的地方删删减减，有的地方加以拓展；有时恢复了最早的构思。他对那个后院和兵营甚至产生了好感，士兵中间的一张脸促使他改变了对勒默斯塔特性格的概念。他发现福楼拜深恶痛绝的同音重复只是视觉的迷信：是书写文字的弱点和麻烦，口头文字就没有这种问题……他结束了剧本：只缺一个性质形容词了。终于找到了那个词；雨滴在他面颊上流下来。他发狂似的喊了一声，扭过脸，四倍的枪弹把他打倒在地。

亚罗米尔·赫拉迪克死于三月二十九日上午九时零二分。

一九四三年

关于犹大的三种说法

堕落似乎已经在劫难逃。

托·爱·劳伦斯[1]：《智慧七柱》，103

公元二世纪，当巴西里德斯在小亚细亚或亚历山大城宣称，宇宙是有缺陷的天使们莽撞或险恶的即兴创造时，尼尔斯·吕内贝格已经以他特有的激情领导一个诺斯替小教派。但丁也许会在《神曲》里把他打入炼狱；他的名字在萨托尼洛和卡波克拉底斯之流的异教创始人名单上增添了一个；他的谩骂性说教的某些片断也许会留在伪撰的《异端邪说诸家批判书》里，也许在一座寺院藏书楼的大火烧毁最后的一本《语录》时付之一炬。相反的是，上帝给了他在二十世纪的隆德大学城重新出头的机会。一九〇四年，那里出了《基督与犹大》的初版本；一九〇九年，又出了他的主要著作《神秘的救世主》。（后者有一九一二年问世的埃米尔·谢林的德文译本，书名是 *Der heimliche Heiland*。）

在审视那些草率的作品之前，必须再次指出，尼尔斯·吕内贝格作为全国福音协会会员是十分虔诚的。在巴黎，甚至在布宜诺斯艾利斯的文人墨客的聚会上，很容易重新遇到吕内贝格的论点；那些论点无非是轻率或者亵渎神圣的无聊废话。对吕内贝格却是破译一个重大的神学奥秘的关键；是思考和分析、历史学和语言学论争的材料，足以让人感到自豪、高兴和恐怖。那些论点既证明了他的价值，又打乱了他的生活。读者应该记住，本文涉及的不是吕内贝格的论证和证据，只是他的结论。有人会注意到，早在"证据"之前已经作出结论。但是谁会有这份耐心去寻找他不相信的东西，或者与他无关的说教呢？

《基督与犹大》初版本的标题清楚明了，尼尔斯·吕

1　Thomas Edward Lawrence（1888—1935），英国军人、作家，在阿拉伯国家为英帝国收集情报，进行策反工作。

内贝格本人几年后荒唐地延伸了它的意义：传统加在加略人犹大头上的事统统是假的，没有一件是真的（德·昆西，一八五七年）。某个德国人先前也发表过相似的意见；据德·昆西猜测，犹大之所以出卖耶稣基督是为了迫使他宣布他的神性，激起反抗罗马压迫的广泛的起义；吕内贝格提出一个形而上学的辩护。他首先巧妙地强调犹大的行为纯属多余。他（像罗伯逊[1]那样）指出，耶稣每天在犹太人聚会上宣扬教义，在几千人面前创造奇迹，根本用不着由一个出卖他的门徒来指认。然而，指认的事还是发生了。认为《圣经》有错是不能容忍的，认为世界历史上最重大的事件中出现偶然性是同样不能容忍的。因此，犹大卖主并非偶然，而是预先安排好的、在耶稣舍身救世的过程中占有神秘位置的事件。吕内贝格接着指出：圣子成为肉身之后，便从无处不在到了有形的空间，从永恒到了历史，从无限幸福到了生老病死苦；为了同这样的牺牲相匹配，一个代表全体人类的人必须作出应有的牺牲。所有的门徒中间唯独加略人犹大觉察到了秘密

1　William Robertson（1721—1793），苏格兰历史学家，英国国王的史官。

的神性和耶稣的意图。既然圣子可以屈尊成为凡人，圣子的门徒犹大当然也可以降格成为告密者（最卑劣的罪恶），在永不熄灭的地狱之火里委屈一下。下级是上级的镜子；人间的形象和天上的形象对应；皮肤上的斑点是终古常新的星座图像；犹大以某种方式反映了耶稣。由此产生了那三十枚银币和叛卖之吻；产生了自杀，以便更心甘情愿地被打入地狱。尼尔斯·吕内贝格用这种方式阐明了犹大之谜。

各种学派的神学家纷纷加以驳斥。拉尔斯·彼得·恩斯特伦指责他对人神合一之说完全无知或者略而不提；阿克塞尔·博雷留斯指责他重新搬出那些否认耶稣的人性，主张基督只是幻影、没有肉身的异端邪说；隆德主教尖锐地指责他同《路加福音》第二十二章第三节[1]的教导相悖。

这些斥责对吕内贝格起了作用，他部分改写了那本遭到非难的书，修正了他的学说。他把神学领域拱手让给他的对手们，迂回地提出道德方面的理由。他承认耶稣"确实具备万能的主所能提供的种种条件"，不需要牺牲一个人去拯救全

---

1 《圣经·新约·路加福音》第二十二章第三节说："这时，撒旦入了那称为加略人犹大的心，他本是十二门徒里的一个。"

人类。随后他向那些声称我们对那个难以解释的叛徒一无所知的人发起反击；他说，我们知道那人是十二门徒之一，被选去宣扬天国已经临近，去医治病人，叫长麻风的人洁净，叫死人复活，把鬼赶出去（《马太福音》，第十章第七至八节；《路加福音》，第九章第一节）。救世主既然对这样的人委以如此重任，他的所作所为理应得到我们最好的解释。把他的罪恶归咎于贪婪（如同某些人引用《约翰福音》第十二章第六节时所做的那样），只满足于找一个最卑鄙的动机。尼尔斯·吕内贝格提出了一个相反的动机：夸大的甚至是无限的禁欲主义。禁欲主义者为了把更大的荣耀归于上帝，贬低甚至折磨自己的肉体；犹大则贬低甚至折磨自己的精神。他像别人一样舍弃了荣誉、幸福、安宁、天国，只是没有像别人那样勇敢地舍弃了欢乐[1]。他以可怕的清醒事先筹划了他的罪行。通奸往往带有柔情和自我牺牲；杀人往往需要勇气；亵渎神明往往夹杂着撒旦的光芒。犹大选择了那些不含任何德行的罪恶：辜负别人的信任（《约翰福音》，第十二章第六节）

1　博雷留斯嘲笑地问道：他为什么不拒绝舍弃？他为什么不这么做？——原注

和告密。他行事如此卑鄙，是因为他认为自己不配当好人。保罗写道："如经上所记，'夸口的，当指着主夸口'"（《哥林多前书》，第一章第三十一节）；犹大自找地狱，因为上帝幸福已使他满足。他认为幸福是神的属性，人们不该篡夺。[1]

许多人事后发现，吕内贝格最初那些差强人意的论点已经包含了离奇的结论，《神秘的救世主》无非是对《基督与犹大》的歪曲和强化。一九〇七年底，吕内贝格完成并修改了手稿，几乎过了两年才交给印刷所。那本书于一九〇九年十月出版，有丹麦的希伯来语言文化学家埃里克·埃尔菲尤德写的一篇不痛不痒的、费解的前言和如下的不实的题词："他在世界，世界也是借着他造的，世界却不认识他。"（《约翰福音》，第一章第十节）总的说来，书的内容并不复杂，结论却惊世骇俗。尼尔斯·吕内贝格声称耶稣为了拯救人类而屈尊

---

[1] 欧克利德斯·达库尼亚在吕内贝格所不知的一本书里写道：对于卡努多斯异教创始人安东尼奥·孔塞莱罗来说，德行"几乎成了不虔诚"。阿根廷读者也许记得阿尔马富埃尔特的作品里也有相似的段落。吕内贝格在象征主义报刊《Sju insegel》发表了一首题为《秘密的水》的叙事诗；前几节描写了一天中纷乱的事，最后几节写了一池冰冷的水，诗人暗示，那池静水纠正了我们无益的暴力，同时又以某种方式允许和宽恕了它的存在。诗的结尾是这样的：森林中的水是幸福的；而我们可能是邪恶和痛苦的。——原注

来到人间；可以设想他作出的牺牲应是完美的，不会由于某些疏忽而失效或者逊色。把他遭受的苦难仅仅限于被钉在十字架上的一个下午的临终痛苦，乃是对他的亵渎。[1] 说他是人并且不可能犯错误是互相矛盾的，完美和人的属性是不相容的。肯比斯[2] 承认救世主也感到疲倦、寒冷、困惑、饥渴；还应承认的是，他也可能犯错误，迷失方向。"他在耶和华面前生长如嫩芽，像根出于干地。他无佳形美容，我们看见他的时候，也无美貌使我们羡慕他。他被藐视，被人厌弃，多受痛苦，常经忧患。"（《以赛亚书》，第五十三章第二至三节）这段名言在许多人眼里是耶稣钉十字架的预现；对某些人说来（例如汉斯·拉森·马滕森），是对世俗认为基督长得漂亮的驳斥；对吕内贝格说来，是圣子成为肉身时确切地预言他

---

1 莫里斯·阿布拉莫维茨指出："根据那个斯堪的纳维亚人的看法，耶稣干得十分出色；由于印刷术的发展，他的事迹已译成多种文字；说到底，他在人间待了三十三年并非休闲度假。"埃尔菲尤德在《基督教学说》的附录三中驳斥了这段话。他指出耶稣的受难并未结束，因为在时间范畴里发生一次的事情，在永恒中不停重复。迄今为止，犹大仍在收取三十枚银币；仍在吻耶稣基督；仍在寺庙里投银币；仍在血泊里解绳索。（埃尔菲尤德为了证实这番话，引用了亚罗米尔·赫拉迪克的《永恒辩》。）——原注

2 此处原文是 Kemnitz，似应是肯比斯（Kempis，1380—1471），德国神秘主义作家，著有《基督的模仿》。

并非暂时而是在整个险恶的未来将遭到厄运。耶稣完全成了凡人，不是一般的凡人，而是声名狼藉的、遭到谴责的、永劫不复的凡人。他为了拯救我们，可以选择纷纭复杂的历史所罗织的任何一种命运；他可以成为亚历山大大帝、毕达哥拉斯、留里克[1]或耶稣；他选择了最坏的命运：他成了犹大。

斯德哥尔摩和隆德的书店推销不出这本书。不信神的人有成见，认为它是沉闷乏味的神学游戏；神学家们对之不屑一顾。吕内贝格从普遍的冷漠中看到一个近乎奇迹的证明。上帝吩咐人们漠然处之，不希望他可怕的秘密在世间传播。吕内贝格知道还不是时候。他感到古老的神的诅咒劈头盖脑地落到他身上；他想起在西乃山顶上用手遮住脸不看上帝的以利亚和摩西；想起那个看到上帝把荣光洒满大地时惊恐万分的以赛亚；想起在去大马士革的路上突然失明的扫罗；想起见了天国而死去的犹太教博士西梅翁·本·阿扎伊；想起见了三位一体而发疯的著名的巫师维特尔博的胡安；想起那些痛恨不敬神的人读出上帝秘密的名字的犹太法学博士。他

1　Ryurik（约830—879），俄罗斯第一个王朝的创立者。

本人岂不是也犯下了那种罪恶？那岂不是不得赦免的亵渎圣灵之罪（《马太福音》，第十二章第三十一节）[1]？巴莱里奥·索拉诺由于传播了罗马秘密的名字而丧命；他发现并且传播了上帝可怕的名字又该遭到什么无限的惩罚呢？

尼尔斯·吕内贝格彻夜难眠，被论证搞得昏昏沉沉，在马尔默街上到处乱跑，大声祈求同救世主一起分享入地狱的恩宠。

一九一二年三月一日，他因动脉瘤破裂而死。异教学研究者也许记得此人，他在似乎已经透彻的圣子的概念里增添了有关邪恶和不幸的复杂性。

一九四四年

---

1 《圣经·新约·马太福音》第十二章第三十一节："人一切的罪和亵渎的话，都可得赦免；唯独亵渎圣灵，总不得赦免。"

结　　局

　　雷卡巴伦躺在小床上半睁眼睛，看到倾斜的芦苇编的天花板。另一间屋子里传来吉他的弹拨声，仿佛是拙劣透顶的迷宫，音符无休无止地纠缠在一起然后又解开……他点点滴滴地回想起现实，回想起再也不能改变的日常事物。他并不惋惜地瞅着自己大而无用的躯体和裹在腿上的粗羊毛斗篷。窗户栏杆外面延伸着下午的平原；他睡了一觉，但天空仍旧很亮。他伸出左臂摸索，拿到了小床脚旁的青铜铃铛。他摇了一两下，门那边仍旧传来平淡的吉他声。弹奏的是一个黑人，一晚以歌手的身份出现，同另一个外地人比赛对歌。败下后，他仍然常来杂货铺，仿佛在等人似的。他拨弄着吉他消磨时光，可是不再唱了，也许对歌失败使他泄了气。街坊上已经习惯于那个不招惹是非的人。雷卡巴伦是杂货铺老板，他忘不了那次对歌的事；因为第二天他搬动几大捆马黛茶时，身体右侧突然动弹不得，话也不会说了。我们往往为小说人物的不幸一掬同情之泪，结果我们自己的不幸更伤心；然而倒霉的雷卡巴伦却不自怨自艾，他像以前忍受美洲的严峻和孤寂那样忍受了半身不遂的事实。他像动物一样只顾目前，现在他瞅着天空，心想月亮的红晕预示着要下雨了。

一个带印第安人特征的小孩（也许是他的种）半推开门。雷卡巴伦的眼神问他有没有主顾。小孩心领神会，打手势告诉他没有：那个黑人不算数。躺在床上的人独自待着，他用左手抚弄着铃铛，仿佛在施什么法力。

夕阳下面的平原有点虚幻，像是梦中所见。地平线上有个黑点起伏搏动，越来越大，原来是个骑手，朝杂货铺，或者像是朝杂货铺跑来。雷卡巴伦看到帽子、深色的长斗篷、白花黑马，但是看不清骑手的脸。他终于减慢速度，让马小跑着近来。在一百六七十米远的地方拐了弯。雷卡巴伦看不见他了，只听到他说话的声音，他下了马，把马拴在柱子上，稳步走进杂货铺。

黑人似乎在吉他上寻找什么，没有抬眼，从容不迫地说：

"先生，我早知道你靠得住，会来的。"

对方却粗声粗气地回答：

"我知道你也靠得住，黑家伙。我让你等了几天，可是我现在来了。"

静默了片刻。黑人终于说：

"我等惯了。我等了七年。"

对方不慌不忙地解释说：

"我七年多没有见到我的孩子们。那天我找到他们，我不愿意显得像是整天玩刀子的人。"

"我能理解，"黑人说。"你离开他们时，他们都好吧。"

外地人坐在柜台前，快活地笑了。他要了一杯白酒，尝了一口，没有喝光。

"我给了他们一些好的劝告，"他说。"劝告永远不会是多余的，并且不用花钱。除了别的事情外，我对他们说，人不该互相残杀。"

黑人拨了一下吉他，然后回答：

"你做得对。这一来他们不会学我们的样了。"

"至少不会学我的样，"外地人回道。接着他仿佛是自言自语地补充说："我的命运要我杀人，如今再一次把刀交到我手里。"

黑人似乎没有听到，自顾自说：

"秋天一到，白天越来越短了。"

"剩下的光线对我足够，"对方说着站了起来。

他在黑人面前站停，好像有点疲倦：

"让吉他安静一会，今天等着你的是另一种对歌。"

两人朝门口走去。黑人出门时喃喃说：

"这次我对歌也许和上次一样糟。"

对方认真地回道：

"上次你并不糟。问题是你急于参加第二次对歌。"

他们并排走着，离开房屋有一段距离了。平原上到处一样，月光皎洁。他们突然站住，对瞅着，外地人解下马刺。两人都把斗篷卷在前臂上，黑人说：

"我们交手之前，我有一个要求。希望你在这次格斗中拿出所有的勇气和奸计，正如七年前你杀我弟弟的那次一样。"

在他们的对话中，马丁·菲耶罗也许是第一次听到了仇恨的口气。他像挨了一鞭子似的，在血液里感到了。两人开始恶斗，锋利的刀刃闪电似的划去，在黑人脸上拉了一个口子。

傍晚有一个时刻，平原仿佛有话要说；它从没有说过，或许地老天荒一直在诉说而我们听不懂，或许我们听懂了，不过像音乐一样无法解释……雷卡巴伦躺在小床上看到了结局。一次冲击，黑人后退几步，没有站稳，佯装朝对方脸上剁去，手腕一转却直刺过去，捅进对方肚子。然后又是一下，杂货铺老板没有看清，菲耶罗没有起来。黑人一动不动，似乎守着他痛苦的垂死挣扎。他在草地上擦净那把染血的尖刀，缓缓向房屋走来，没有回头张望。他完成了报仇的任务，现在谁都不是了。说得更确切一些，他成了另一个人：他杀了一个人，世界上没有他容身之地。

凤 凰 教 派

　　有人说凤凰教派起源于埃及的赫利奥波利斯，是推行改
革的阿梅诺菲斯四世[1]死后宗教复辟的产物，那些人援引了
希罗多德和塔西佗的文章以及埃及的碑刻，却不知道，或者
不想知道，"凤凰教派"名称的由来不早于赫拉班诺·毛罗，
最古老的记载（比如说，弗拉维奥·约瑟夫[2]的作品）只提
到"民俗派"和"秘密派"。格雷戈罗维乌斯在意大利费拉拉
的聚会上曾经指出，口语中极少用"凤凰"一词；我在日内
瓦同手艺人打交道，问他们是不是凤凰派时，他们不懂我的
意思，但随即承认自己是秘密派。假如我没有记错的话，佛
教徒中间也有类似情况，世人对他们的称呼同他们自己的称
呼不一样。

米克洛希奇在一篇著名的文章里把凤凰教徒和吉卜赛人相提并论。智利和匈牙利有吉卜赛人，也有凤凰教徒；除了这一点之外，两者没有什么共同之处。吉卜赛人多数是马贩子、补锅匠、铁匠和算命看相的；凤凰教徒往往自在地从事自由职业。吉卜赛人组成容貌体形相似的人群，用的，或者曾经用的是一种秘密的语言；凤凰教徒们和别人混居一起，他们没有受过迫害便是证明。吉卜赛人生活丰富多彩，给了蹩脚诗人以创作灵感；凤凰教徒们却同传奇、绘画、舞蹈无缘……马丁·布贝尔 [3] 声称犹太人基本都是伤感的；凤凰教徒们却不尽然，有的甚至厌恶伤感；这一众所周知的事实足以驳斥一般人认为凤凰教是以色列一个分支的错误看法（乌尔曼居然荒唐地加以维护）。人们通常是这样推断的：乌尔曼相当敏感；他是犹太人；经常和布拉格犹太区的凤凰教徒们接触；乌尔曼感到的亲和力就是事实证明。说心里话，我

1　Amenophis Ⅳ，即阿孟霍特普四世（Amenhotep Ⅳ），公元前 14 世纪埃及第十八王朝法老，在位期间推行宗教改革，以削弱祭司的权力。

2　Flavio Josefo（37—100），古犹太历史学家，著有《犹太时代》。

3　Martin Buber（1878—1995），奥地利神学家、哲学家。

不能同意那种推断。在犹太环境中的凤凰教徒和犹太人相似这一点并不能证明什么；无可否认的是正如赫兹利特[1]笔下的人情练达的莎士比亚，他们和世上所有的人相像。他们像使徒那样容易同各种各样的人打成一片；几天前，派桑杜的胡安·弗朗西斯科·阿马罗博士称赞说，他们很快就本地化了。

我说过，凤凰教派在历史上没有遭受迫害的情况。这是事实；但是，既然任何人群中都有支持凤凰教派的人，这些人遭受过迫害或苦难，或者对别人施加过迫害或苦难，也是不争的事实。在西方的战争和亚洲早期的战争中，他们在不同的阵营里长期付出了鲜血；他们同世上所有的民族融为一体是没有什么意义的。

他们没有一部同《圣经》一样能把以色列凝聚在一起的圣书，除了语言以外没有共同的记忆，他们分散在世界各地，肤色和相貌各个不同，把他们团结在一起、直到时间终结的，唯有一件东西——秘密。有时候，除了秘密以外还有一个传说（也许是关于宇宙起源学的神话），但是那些肤浅的凤凰派

1　William Hazlitt（1778—1830），英国随笔作家、文学评论家，政治思想激进，对伊丽莎白女王时代的剧作家颇有研究，著有《莎士比亚剧本中的人物》等。

教徒已经忘却，如今只保存关于惩罚的模模糊糊的传统。关于惩罚、盟约或者特权的传统，因为说法不同，很难看出神是否作出确保一个血统长久不衰的裁决，属于那血统的人是否世世代代举行一种仪式。我核对过旅行家的报告，同族长和神学家们交谈；可以肯定凤凰教徒唯一的宗教活动是举行那种仪式。仪式形成了秘密。我先前说过，秘密是世代相传的，但习俗不要求由母亲传授子女，也不由教士传授；传授秘密是最卑微的人的任务。奴隶、麻风病人或者乞丐充当秘义传授师的角色。小孩也可以教别的小孩。仪式本身微不足道，很快就能完成，不需要详细说明。使用的材料是软木、蜡或者阿拉伯树胶（仪式中还提到烂泥，也是常用的东西）。没有专为举行此类仪式而设的寺庙，但是废墟、地窖或门廊都可认为是合适的场所。那个秘密是神圣的，然而有点可笑；举行仪式时要避人耳目，信徒们从不谈论。仪式没有文雅的名称，但大家明白，随便什么话都可以代表，或者说，不可避免地都可以涉及；因此，我谈话时不留心说了什么，信徒们往往会尴尬地掩口而笑，因为他们认为我触及了那个秘密。日耳曼文学中有凤凰教徒写的诗，从表面上看，主题是海洋或者傍晚；其实我听说是那个秘密的象征。迪康热在他的《术语词典》里收集了一条经外的箴言：地球乃是竞技的镜子。某些信徒出于神圣的恐惧不敢举行那种再简单不过的仪式；他们遭到别人蔑视，但更蔑视自己。相反的是，一些故意拒绝习俗、同神取得直接沟通的人却很有名声；他们在礼拜仪式中用塑像来表现这种沟通，因此，约翰写道：

> 天庭上下都应知道
> 神同软木和烂泥一样令人愉悦。

我在三大洲有不少信奉凤凰教的朋友，我发现他们最初觉得那个秘密无聊、庸俗、让人痛心、（更奇怪的是）令人难以置信。他们不愿承认他们的父辈竟会干这种无聊的事。奇怪的是，长远以来，那个秘密并没有失传；尽管世界风云变幻，战争频仍，人们流离失所，那个秘密依然不可思议传到了所有的信徒。有人甚至毫不犹豫地声称那秘密已成为本能。

南　方

　　一八七一年在布宜诺斯艾利斯登岸的那个人名叫约翰尼斯·达尔曼，是福音派教会的牧师；一九三九年，他的一个孙子，胡安·达尔曼，是坐落在科尔多瓦街的市立图书馆的秘书，自以为是根深蒂固的阿根廷人。他的外祖父是作战步兵二团的弗朗西斯科·弗洛雷斯，被卡特里尔的印第安人在布宜诺斯艾利斯省边境上用长矛刺死；在两个格格不入的家世之间，胡安·达尔曼（或许由于日耳曼血统的原因）选择了浪漫主义的先辈，或者浪漫主义的死亡的家世。一个毫无表情、满脸胡子的人的银版照相，一把古老的剑，某些音乐引起的欢乐和激动，背诵《马丁·菲耶罗》中一些章节的习惯，逝去的岁月，忧郁孤寂，助长了他心甘情愿但从不外露的低人一等的心理。达尔曼省吃俭用，勉强保住南方的一个庄园，那注产业原是弗洛雷斯家族的，现在只剩一个空架子；他经常回忆的是那些香桉树和那幢已经泛白的红色大房子的模样。琐碎的事务和容或有的冷漠使他一直留在城市。年复一年，他满足于拥有一注产业的抽象概念，确信他在平原的家在等他归去。一九三九年二月下旬，他出了一件事。

从不认错的命运对一些小小的疏忽也可能毫不容情。一天下午，达尔曼买到一本不成套的魏尔版的《一千零一夜》；他迫不及待地想看看这一新发现，不等电梯下来，就匆匆从楼梯上去；暗地里他的前额被什么刮了一下，不知是蝙蝠还是鸟。替他开门的女人脸上一副惊骇的神情，他伸手摸摸额头，全是鲜红的血。谁油漆了窗子，忘了关上，害他划破了头。达尔曼那晚上床睡觉，凌晨就醒了，从那时候开始嘴里苦得难受。高烧把他折磨得死去活来，《一千零一夜》里的插图在他噩梦中频频出现。亲友们来探望他，带着不自然的微笑，反复说他气色很好。达尔曼有点麻木地听他们说话，心想自己在地狱里受煎熬，他们竟然不知道，真叫人纳闷。八天过去了，长得像是八个世纪。一天下午，经常来看他的大夫带了一个陌生的大夫同来，把他送到厄瓜多尔街的一家疗养院，因为要替他拍 X 光片子。达尔曼在出租马车里想，他终于可以在不是他自己的房间里睡个好觉。他觉得高兴，很健谈；到了疗养院，他们替他脱光衣服，剃光脑袋，用金属带把他在推床上固定，耀眼的灯光使他头晕，他们还替他听诊，一个戴口罩的人在他胳臂上扎下注射针。他苏醒过来时头上扎着绷带，感到恶心，躺在井底似的小房间里，在手术后的日日夜夜里，他体会到以前的难受连地狱的边缘都算不上。他嘴里含的冰块没有一丝凉快的感觉。在那些日子，达尔曼恨透了自己；恨自己这个人，恨自己有解大小便的需要，恨自己要听人摆弄，恨脸上长出的胡子茬。他坚强地忍受了那些极其痛苦的治疗，但是当大夫告诉他，他先前得的是败血症，几乎送命的时候，达尔曼为自己的命运感到悲哀，失声哭了。肉体的痛苦和夜里的不是失眠便是梦魇不容他想到死亡那样抽象的事。过了不久，大夫对他说，他开始好转，很快就可以去庄园休养了。难以置信的是，那天居然来到。

现实生活喜欢对称和轻微的时间错移；达尔曼是坐出租

马车到疗养院的，现在也坐出租马车到孔斯蒂图西昂[1]。经过夏季的闷热之后，初秋的凉爽仿佛是他从死亡和热病的掌握中获得解救的自然界的象征。早晨七点钟的城市并没有失去夜晚使他产生的老宅的气氛；街道像是长门厅，广场像是院落。达尔曼带着幸福和些许昏眩的感觉认出了这个城市；在他放眼四望的几秒钟之前，他记起了布宜诺斯艾利斯街道的角落、商店的招牌以及质朴的差别。在早晨的黄色光线下，往事的回忆纷至沓来。

谁都知道里瓦达维亚[2]的那一侧就是南方的开始。达尔曼常说那并非约定俗成，你穿过那条街道就进入一个比较古老踏实的世界。他在马车上从新的建筑物中间寻找带铁栏杆的窗户、门铃、大门的拱顶、门厅和亲切的小院。

在火车站的大厅里，他发现还有三十分钟火车才开。他突然记起巴西街的一家咖啡馆（离伊里戈延家不远）有一只好大的猫像冷眼看世界的神道一样，任人抚摩。他走进咖啡

---

1 布宜诺斯艾利斯市一区，位于该市东南。
2 Bernardino Rivadavia（1780—1845），阿根廷政治家，曾任总统。这里指贯穿布宜诺斯艾利斯东西方向的主要街道名。

馆。猫还在，不过睡着了。他要了一杯咖啡，缓缓加糖搅拌，尝了一口（疗养院里禁止他喝咖啡），一面抚摩猫的黑毛皮，觉得这种接触有点虚幻，仿佛他和猫之间隔着一块玻璃，因为人生活在时间和时间的延续中，而那个神秘的动物却生活在当前，在瞬间的永恒之中。

列车停在倒数第二个月台旁边。达尔曼穿过几节车厢，有一节几乎是空的。他把手提箱搁在行李架上；列车起动后，他打开箱子，犹豫一下之后，取出《一千零一夜》的第一册。这部书同他不幸的遭遇密切相连，他带这部书出门就是要表明不幸已经勾销，是对被挫败的邪恶力量一次暗自得意的挑战。

列车两旁的市区逐渐成为房屋稀稀拉拉的郊区，这番景色和随后出现的花园和乡间别墅使他迟迟没有开始看书。事实上，达尔曼看得不多；谁都不否认，磁石山和发誓要杀死恩人的妖精固然奇妙，但是明媚的早晨和生活的乐趣更为奇妙。幸福感使他无心去注意山鲁佐德和她多余的奇迹；达尔曼合上书，充分享受愉悦的时刻。

午饭（汤是盛在精光锃亮的金属碗里端来的，像遥远的儿时外出避暑时那样）又是宁静惬意的享受。

明天早晨我就在庄园里醒来了，他想，他有一身而为二人的感觉：一个人是秋日在祖国的大地上行进，另一个给关在疗养院里，忍受着有条不紊的摆布。他看到粉刷剥落的砖房，宽大而棱角分明，在铁路边无休无止地瞅着列车经过；他看到泥路上的骑手；看到沟渠、水塘和农场；看到大理石般的明亮的云层，这一切都是偶遇，仿佛平原上的梦境。他还觉得树木和庄稼地似曾相识，只是叫不出它们的名字，因为他对田野的感性认识远远低于他思念的理性认识。

他瞌睡了一会儿，梦中见到的是隆隆向前的列车。中午十二点难以忍受的白炽太阳已成了傍晚前的黄色，不久又将成为红色。车厢也不一样了，不是在孔斯蒂图西昂离开月台时的模样：平原和时间贯穿并改变了它的形状。车厢在外面的移动的影子朝地平线延伸。漠漠大地没有村落或人的迹象。一切都茫无垠际，但同时又很亲切，在某种意义上有些隐秘。在粗犷的田野上，有时候除了一头牛外空无一物。孤寂达到十足的程度，甚至含有敌意，达尔曼几乎怀疑自己不仅是向南方，而是向过去的时间行进。检票员打断了他这些不真实的遐想，看了他的车票后通知他说，列车不停在惯常的车站，而要停在达尔曼几乎不认识的稍前面的一个车站。（那人还作了解释，达尔曼不想弄明白，甚至不想听，因为他对事情的过程不感兴趣。）

列车吃力地停住，周围几乎是一片荒野。铁轨的另一面是车站，只是月台上一个棚子而已。车站附近没有任何车辆，但是站长认为在十来个街口远的一家铺子里也许能找到一辆车。

达尔曼决定步行前去，把它当作一次小小的历险。太阳已经西沉，但是余晖在被夜晚抹去之前，把深切阒静的平原映照得更辉煌。达尔曼安步当车，心醉神迷地深吸着三叶草的气息，他走得很慢，并不是怕累，而是尽量延长这欢快的时刻。

杂货铺的房屋本来漆成大红色，日久天长，现在的颜色褪得不那么刺眼。简陋的建筑使他想起一帧钢版画，或许是旧版《保尔和弗吉尼亚》[1]里的插图。木桩上拴着几匹马。达

1　法国伤感主义作家圣比埃尔（Bernardin de Saint-Pierre，1737—1814）写的小说。主人公保尔和弗吉尼亚从小青梅竹马，但未能结合。小说地理背景是当时远离文明的法属毛里求斯岛。

尔曼进门后觉得店主面熟，后来才想起疗养院有个职员长得像他。店主听了他的情况后说是可以套四轮马车送他；为了替那个日子添件事，消磨等车的时光，达尔曼决定在杂货铺吃晚饭。

一张桌子旁有几个小伙子又吃又喝，闹闹嚷嚷，达尔曼开头并不理会。一个非常老的男人背靠柜台蹲在地上，像件东西似的一动不动。悠久的岁月使他抽缩，磨光了棱角，正如流水磨光的石头或者几代人锤炼的谚语。他黧黑、瘦小、干瘪，仿佛超越时间之外，处于永恒。达尔曼兴致勃勃地打量着他的头巾、粗呢斗篷、长长的围腰布和小马皮制的靴子，想起自己同北部地区或者恩特雷里奥斯人无益的争论，心想像这样的高乔人除了南方之外，别的地方很难见到了。

达尔曼在靠窗的一张桌子旁坐下。外面的田野越来越暗，但是田野的芬芳和声息通过铁横条传来。店主给他先后端来沙丁鱼和烤牛肉。达尔曼就着菜喝了几杯红葡萄酒。他无聊地咂着酒味，懒洋洋地打量着周围。煤油灯挂在一根梁下；另一张桌子有三个主顾：两个像是小庄园的雇工；第三个一副粗俗的样子，帽子也没脱在喝酒。达尔曼突然觉得脸上有什么东西擦过。粗玻璃杯旁边，桌布的条纹上，有一个用面包心搓成的小球。就是这么回事，不过是有人故意朝他扔的。

另一张桌子旁的人仿佛并没有注意他。达尔曼有点纳闷，当它什么也没有发生，打开《一千零一夜》，似乎要掩盖现实。几分钟后，另一个小球打中了他，这次那几个雇工笑了。达尔曼对自己说，不值得大惊小怪，不过他大病初愈，被几个陌生人卷进一场斗殴未免荒唐。他决定离开，刚站起身，店主便过来，声调惊慌地央求他："达尔曼先生，那些小伙子醉了，别理他们。"

达尔曼并不因为店主能叫出他的姓而奇怪，但觉得这些排解的话反而把事情搞得更糟。起初，雇工的寻衅只针对一个陌生人，也可以说谁也不是；现在却针对他，针对他的姓氏，闹得无人不知。达尔曼把店主推在一边，面对那些雇工，问他们想干什么。

那个长相粗鲁的人摇摇晃晃地站起来。他和胡安·达尔曼相隔只有一步的距离，但他高声叫骂，仿佛隔得老远似的。他故意装得醉态可掬，这种做作是难以容忍的嘲弄。他满口脏话，一面骂声不绝，一面掏出长匕首往上一抛，看它落下时一把接住，胁迫达尔曼同他打斗。店主声音颤抖地反对说，达尔曼没有武器。这时候，发生了一件始料不及的事。

蹲在角落里出神的那个老高乔人（达尔曼在他身上看到了自己所属的南方的集中体现），朝他扔出一把亮晃晃的匕首，正好落在他脚下。仿佛南方的风气决定达尔曼应当接受挑战。达尔曼弯腰捡起匕首，心里闪过两个念头。首先，这一几乎出于本能的举动使他有进无退，非打斗不可。其次，这件武器在他笨拙的手里非但起不了防护他的作用，反而给人以杀死他的理由。像所有的男人一样，他生平也玩过刀子，但他只知道刺杀时刀刃应该冲里面，刀子应该从下往上挑。疗养院里绝对不允许这种事情落到我头上，他想道。

"咱们到外面去，"对方说。

他们出了店门，如果说达尔曼没有希望，他至少也没有恐惧。他跨过门槛时心想，在疗养院的第一晚，当他们把注射针头扎进他胳臂时，如果他能在旷野上持刀拼杀，死于械斗，对他倒是解脱，是幸福，是欢乐。他还想，如果当时他能选择或向往他死的方式，这样的死亡正是他要选择或向往的。

达尔曼紧握他不善于使用的匕首，向平原走去。

JORGE LUIS BORGES

Ficciones

El jardín de senderos que se bifurcan, Artificios

Copyright © 1996 by María Kodama
All rights reserved

图字：09-2010-605号

图书在版编目（CIP）数据

虚构集 /（阿根廷）豪尔赫·路易斯·博尔赫斯著；
王永年译. —上海：上海译文出版社, 2023.5（2025.7重印）
（博尔赫斯全集）
ISBN 978-7-5327-9178-1

Ⅰ.①虚… Ⅱ.①豪… ②王… Ⅲ.①短篇小说－小
说集－阿根廷－现代 Ⅳ.①I783.85

中国国家版本馆CIP数据核字（2023）第041135号

虚构集	JORGE LUIS BORGES	责任编辑 周 冉
	豪尔赫·路易斯·博尔赫斯 著	
Ficciones	王永年 译	装帧设计 陆智昌

上海译文出版社有限公司出版、发行
网址：www.yiwen.com.cn
201101 上海市闵行区号景路159弄B座
浙江中恒世纪印务有限公司印刷

开本850×1168 1/32 印张6.5 插页6 字数78,000
2023年5月第1版 2025年7月第5次印刷

ISBN 978-7-5327-9178-1
定价：69.00元